Josef Ludwig

Es waren zwei Nachbarskinder

AF191950

Künstlerische Gestaltung: Karl-Heinz Wenzel,
                                    Neubrandenburg

Herstellung: **Libri Books on Demand**

ISBN 3-89811-580-1

Den Vergessenen zugeeignet

Inhaltsverzeichnis

Vorwort

Im kriegerischen Ringen mit Friedrich II verlor Maria Theresia Schlesien, die schönste Perle ihrer Krone. Ihr König reich Böhmen wurde damit kleiner, die Zahl der Deutschen nahm im Lande ab und ließ ihr politisches Gewicht geringer werden. Auch der nächste Waffengang mit dem alten Gegner ging für Österreich unglücklich aus und als noch folgenreicher erwiesen sich seine Folgen: Es gab den Deutschen Bund nicht mehr, die staatliche Bindung zwischen den Rivalen hörte auf und der Kaiser wurde aus Deutschland weggedrängt, auch wenn er bis dahin dort als erster galt.

Die Wiener „Neue Freie Presse" hatte wohl recht, als sie in jenen wahrhaft schicksalsschweren Tagen prophetisch schrieb: „ ... Die deutsche Nationalität wäre hinfort nichts als ein vom Leibe geschnittenes Glied, sie wäre rückhaltlos dem Nationalitätenhader preisgegeben ..." Ähnlich drastisch befand die damalige Lage August Bebel, und rückblickend stellte er fest: (Der) „Ausschluß Deutsch-Österreichs aus der Reichsgemeinschaft ... hat 10 Millionen Deutsche in eine fast trostlose Lage versetzt." (Aus meinem Leben, Band 1, Berlin 1946, S. 145).

Beide Stimmen waren berechtigt, und ohne Zweifel galten sie besonders den Sudetendeutschen, der großen Minderheit in Böhmen. Noch aber ahnte ihre Vielzahl kaum die drohenden Gefahren, weil man zuerst doch Österreicher war.

Die eigentliche Tragik der Volksgruppe nahm seinen Anfang mit dem 1. Weltkrieg. Die k.u.k. Monarchie unterlag und der hohe Blutzoll war umsonst. Die Völker des zerfallenden Kaiserstaates schlossen sich nun freudig ihren Nationen an oder schufen neue Staaten, wie es das Selbstbestimmungsrecht verhieß. Diese Freiheit galt nun freilich für die Deutschen nicht und gewaltsam trennten es die Sieger von dem Land, das ihnen Heimat seit vielhundert Jahren war. Freigiebig schenkte man sie hin an einen Staat, in dem sie trotz Beteuerung nur Bürger zweiter Ordnung blieben.

Als nun das niedergedrückte Deutschland scheinbar zu frischen Kräften kam, meinten gar zu viele, Ausweg und Rettung allein im neuen Reich zu sehen. Sie konnten es anders nicht verstehen, doch wurde ihre Hoffnung betrogen und mißbraucht, mehr, als ihnen das jemals geschah. Schließlich erlitten sie das Unerhörte und niemals nur Gedachte, es kam zum allgemeinen Elend noch hinzu, das beinahe jeden ohne Unterschied betraf. Fassungslos nur konnten sich die Leute fragen, worin - um Gotteswillen - wohl diesmal ihre Schuld bestand. Auseinandergerissen und verstreut lebten sie nun in fremdem Land, bald überdies nochmals geteilt durch beide deutsche Staaten, ein jeder von den zwei bereit, auf seinen Nachbarn dreinzuschlagen. Und zwanzig Jahre brauchten sie, bis daß sie nur den schlimmsten Gram bezwangen.

Einleitung

Die Familie hatte sich versammelt, zum erstenmal seit jenen schweren Tagen, die nun selbst beinah' im Dunkel lagen:

Aus allen Landesteilen waren die Verwandten angereist, nicht mehr wie einst aus zwei-drei Orten nahebei. Die Eltern von damals lebten meist nicht mehr; Schmerz und Heimweh ließen sie rascher scheiden. Auch ihre Kinder standen nun schon in den Jahren und trugen bereits graues Haar. Viel Jugend war herangewachsen, die schon auf anderem Boden stand. Deutlich hörte man Bayern, Sachsen, Schwaben reden; kaum noch erklang die heimatliche Mundart.

Man saß zusammen, tauschte letzte Neuigkeiten, fragte sich wohl auch nach Namen und wie es einander so erging. Alte Erinnerungen wurden wach, man wollte wieder von 'Daheime' reden und wie früher alles einmal war. „Friedrich", bat man schließlich aus der Runde, „du bist der Jüngste von uns Alten, willst du als erster nicht berichten?"

Sag, was will das Schicksal uns bereiten
Sag, wie band es uns so rein genau?
Ach, du warst in abgelebten Zeiten
Meine Schwester oder meine Frau.

Goethe

1. Kapitel

Zu Besuch

Man schrieb das Jahr 1945; der lange Krieg war zu Ende und doch konnte niemand frei atmen. Eine düstere Stimmung lag über dem Land, als sollte sein schwerster Teil erst beginnen. Dabei war das Jahr doch so schön und stimmungsvoll wie es selten ist und nur in den Bergen sein kann. Es schenkte nie gesehenen Überfluß, wie um selbst den Frieden zu bringen. Die Menschen aber bemerkten von alledem nichts, zu sehr hielten sie drohende Schrecken gefangen. Niedergedrückt gingen sie durch den Tag, ohne ihr Schicksal recht zu begreifen. Sie lebten in einer fremden Wirklichkeit und blickten voll Erstaunen auf, drang zu ihnen doch einmal der Kuckucksruf oder das Bild des Regenbogens.

Immer öfters besuchten Fremde das Dorf. Sie zogen fröhlich durch den Ort und suchten sich die Häuser aus, in denen sie wohnen wollten. Einmal kamen Leute mit Gewehren, noch vertrieben sie uns nicht, aber Vater schleppten sie weg und traktierten ihn mit den Kolben. Doch der tschechische Nachbar wurde die Sache gewahr und fuhr wie der Teufel dazwischen; nie hatte ich ihn so wütend gesehen. Er brachte auch seinen Kumpel zurück, ganz so, als wäre das selbstverständlich.

Eines nachts aber drangen Soldaten in das schlafende Haus und ließen es räumen. Eine Frist von nur wenig Minuten gaben sie seinen Bewohnern. Meine Mutter erlitt einen Schock. Sie weinte und irrte wie blind umher; allein in den Stall fand sie noch, ihre Tiere zu umarmen. Erst an der Sammelstelle sah ich sie wieder, kurz vor dem Abtransport. Ein Mitleidiger schob sie sachte vor sich her, auf die anderen verstörten Leute zu. Alle Bündel waren vergessen, nur meinen Bruder trug sie im Arm und der ihr altes Waschbrett.

xxx

Einige Jahre lag das jetzt zurück und ich war Gast in meinem Dorf. Die Sehnsucht hatte immer mehr gedrängt, bis ich nicht länger widerstehen konnte:

Der erste Weg sollte mich zu meinem Elternhaus führen und doch fand ich mich an der Freundin Haus, ohne zu wissen, wie mir geschehen. Verwundert stand ich lange davor und geriet dabei wohl ins Träumen. Ich glaubte, ich würde mein Mädchen sehen und freute mich schon auf den warmen Empfang. Meine Liebe aber trat nicht aus der Tür, ohne Blumen gähnten alle Fenster und aus dem Schornstein kräuselte kein Rauch - ich blieb auch hier nur Fremder.

Wir waren beide Nachbarskinder und zusammen aufgewachsen mit vielem gemeinsamen Erleben. Erinnerungen kamen auf. Manche waren in mich wie Feuer gebrannt, andere traten zu mir aus der Dunkelheit, als hätten sie dort nur ein Weilchen geruht:

Die alte Abraumhalde im Markauscher Wald war der Platz für Völkerball. Bis zur Erschöpfung lief das Spiel; ich wollte stets der Beste sein, denn unter den Bäumen saß Regina.

Im Winter wurden Burgen gebaut, groß wie ein Haus. Die Freundin war das Burgfräulein und ich ihr ergebener Ritter, Hund Nero unser Drache. War aber die Luft klar und wie Pulver der Schnee, liefen die herrlichsten Fuchsjagden auf Ski. Über mehrere Dörfer ging die fröhliche Hatz, nur Jungs, mit einem Mädchen dazwischen.

Neigte sich das Jahr dem Frühling zu, hingen gewaltige Eiszapfen von den Dächern, an die zwei Meter und mehr reichten sie hin bis zur Erde. Das Licht spielte in ihnen in leuchtenden Farben; es blitzte hier und glänzte da und drehte sich auch im Kreise. Gebannt standen wir beiden davor und glaubten in unserem kindlichen Sinn, es tanze eine Geisterschar einen alten böhmischen Reigen.

Die Märchen und Sagen, die wir zu Hause gehört, formten wir um und schmückten sie aus, ganz nach unserem Gemüte. So erhielten wir uns eine heile Welt, den Sorgen der Eltern zum Trotze: Für den Wassermann brauchte es keines fernen erlenumstandenen Teichs, wir schufen ihn uns selber. Er lebte in Nachbars Brunnenhaus, ganz heimlich mit Frau und Kindern. An nebligen Tagen sah'n wir ihn auch, gespenstisch am Rande sitzen.

Im Fichtenwald, nach Schwadowitz hin, hausten die Gnome, Bergleute wie die Väter. Am Tage gruben sie nach edlem Gestein und oft hörten wir ihr Pochen. War aber des abends die Arbeit getan, zogen sie lustig zum Wasserfall und tanzten an verschwiegenem Ort mit den zierlichen Nixlein vom Hasenbach.

Nahebei lag das Felsental, das war der Rastplatz der Riesen. Einmal wagten wir uns nahe heran und konnten eine Hochzeit sehen, nicht anders als bei uns Menschen. Nur trug die Braut als Vermählungsstrauß einen blühenden Kastanienbaum, frisch aus der Erde gerissen.

Meine Freundschaft mit Regina brachte es mit sich, daß mir auch ihre Eltern nahestanden. Er, ein gütig-bescheidener Mann, der stets sein Frauchen um sich haben wollte; sie reizend, schön und fröhlich dabei, tüchtig in allen Dingen. Ich hatte beide gerne. Ihr Vater aber war Vorbild für mich; ich glaubte, es ihm bald nachtun zu können.

Fand Georg sein Haus bei der Rückkehr leer, trieb ihn die Sehnsucht vor die Tür und er mußte zum Waldhorn greifen: „Ermi", rief er, „ich bin zurück von der Schicht!" Traf die Gesuchte endlich ein, empfing sie ein Lied auf der Geige. Gerührt fiel ihre warme Stimme ein und ihm war, als schlänge ein Engel den Arm um ihn und schenke irdische Seligkeit.

Anders als das üblich war, durfte sie keine schwere Arbeit tun: „Du darfst im Alter nicht krumm sein, sprach er zu ihr, wie meine arme Mutter. Hast du nicht schon viel zu viel zu placken!?" Das machte andere Frauen neidisch; auch sie wollten nicht nur Arbeitstiere sein und von Früh bis in die Nacht hin rackern. Ihre Männer doch knurrten den Georg an: „Deine Ermi ist längst keine Bergmannsfrau mehr, verwöhn' sie und mache aus ihr nur ein Püppchen, doch verdrehe nicht unsere Weiber!" Von ihm aber prallten die Sprüche ab, als habe er einen Panzer umgetan, geschmiedet aus purer Liebe.

Regina und ich hatten uns getrennt, als wir schon junge Leute waren. Ich wußte lange nichts von ihr und spät erst fand ich die Verschollene. Es wurde ein freundliches Wiedersehen und endete doch bedrückend:

Zerrissen von grüblerischen Gedanken war ich mit Zögern an ihr Haus getreten. Das Türschild schreckte mich, ein fremder Name stand darauf, nicht meiner, unserer, wie wir uns das in schönster Stunde vorgenommen. Regina aber empfing mich nett und unbefangen, als einen guten alten Freund. Sie fühlte meine Verlegenheit und ließ mir durch Blicke sagen, „laß das, du bist mir willkommen!"

Sie ist schön, der Liebreiz der Jugend liegt noch auf ihrem Gesicht, voll Anmut und Zartheit, wie ehedem. Ich habe nur Augen für sie, kaum kann ich sie von ihr wenden. Vor mir steht eine glückliche Frau, ganz Gattin und Mutter. Es freut mich für sie und doch würgt es mir in der Kehle. Ich möchte bald gehen, doch sie erlaubt es mir nicht. Sie zeigt mir ihr Haus und plaudert mit mir und ihr Mann zwingt mich in seine Gespräche. So bin ich erneut in Verlegenheit und muß ihr häusliches Leben betrachten. Nun erst sehe ich Schwermut in ihrem Blick und höre verborgene Klage: 'Nie zieht er mich an sich, weil das Herz überquillt und kein Kuß glättet meine werdenden Falten. Längst ist vergessen, Hand in Hand zu gehen und kein liebendes Wort erreicht mehr mein Ohr. Es ist Herbst und zu kühl schon im Jahre!'

Meine Sehnsucht, die mich so lange gequält, geht über in Schmerzen. Ich reiße mich los, und kann ihr Heim nicht länger ertragen, zu sehr bedrückt mich dieser Augenblick.

Zum Abschied lag ihre Hand warm und vertraut in der meinen, wohl länger, als es die Sitte erlaubte. Ich hauchte meinen Kuß darauf und gab sie wider Willen frei, weil mir vorschnell die Tränen kamen. „Sei glücklich, mein Kind", raunte ich leise, ganz leise ihr zu, „ich habe dich immer geliebt!"

Kaum war ich aus ihrer Tür getreten überfiel mich unwirsch mein Gewissen; mit vorwurfsvoller Stimme ging mich's an: „Also liebst du die schöne Dame immer noch!?" Ich aber bot sofort Paroli: „Das kannst du mir wohl nicht verdenken!" Der Streit war damit ausgebrochen und wogte sofort kräftig hin und her:

„Anstatt dich mit dem Schicksal auszusöhnen", begann es wieder, „wächst deine Neigung Tag um Tag. Sie macht dich noch zu unbedachtem Handeln fähig!"

„Ich will das gar nicht leugnen!"

„Warum nur hast du in jener Sommernacht sie nicht um ihre Hand gebeten. Sie war dir doch von Herzen zugetan!?"

„Ich war zu jung und noch nicht reif für diese große Frage."

„Welch eine köstlich-selige Zeit wäre dein Glück mir ihr gewesen ..."

Verzweifelt bitt' ich: „ ... Hör auf, du reißt an meinen Wunden ..."

Mit Schadenfreude aber setzt es fort: „Was hättest du dir doch für Leid erspart! ..."

„ ... Auch nicht ein Quentchen möcht' ich missen ..!"

„ ... Ich aber lebte schon seit Jahr und Tag mit dir in schönstem Einvernehmen."

Ich bin darüber aufgebracht und lasse das auch spüren: „Du warst es doch, der mir beständig vorgehalten: 'Verdreh' dem Mädchen nicht den Kopf, reiß' es nicht aus der Bahn', und dann - zu allem Überfluß - 'du bist ein grüner Junge nur und taugst nicht für die Ehe!'"

Mein Widerpart weiß sich geschickt herauszuwinden: „Ich wollte dich nur prüfen."

„Zwar hast du meine Hoffnung stets aufs neue unterdrückt, doch schwoll sie an und ist nun Strom geworden!"

„Was für ein überlebtes Denken!"

„So wenig also kennst du mich: Seit ich vor langer Zeit ihr Herz verlor, beherrscht mich stete Unrast. Alle Lebenslust ist mir genommen, nur durch Erschöpfung schlaf' ich ein und tags betäub' ich mich durch Arbeit. Nur allzu gerne möchte ich ein wenig ruhen, doch fehlt es mir am innern Frieden."

Mir aber wird daraus nur Spott: „Was auch trauerst du der einen endlos nach, als ob's nicht tausend schöne Perlen gäbe!"

„Du bist ein Dämon", schreit es aus mir, „gewiß nicht mein Gewissen ..!"

Höhnend aber schallt es grob zurück: „ ... und du der alte Tropf geblieben!"

xxx

Mein Quartier fand ich im Hause eines Kollegen meines Vaters, desselben, der ihm in schwerer Zeit geholfen hatte. Ich wurde schon erwartet; die Hausfrau hatte bereits Ängste um mich ausgestanden und auch ein gutes Essen stand schon lange auf dem Herd. Was Wunder, daß man mit dem Nachbarjungen sachte schimpfte.

Am Abend machten wir es uns gemütlich. Der Kaffee dampfte in der Kanne, im Ofen knisterte das Feuer und es roch nach Fichtenholz. Wir saßen auf der Ofenbank wie in der 'guten alten Zeit' und sprachen doch nur von der neuen.

Meine Wirte wollten vieles wissen. „Sag uns bitte", begannen sie die Unterhaltung, „weshalb starb dein Großvater so völlig unerwartet, kurz bevor ihr weggegangen seid. Hinfällig war er doch noch nicht!?"

14

„Es war sein Wille", sagte ich „soweit ich mich erinnern kann: Seit Jahren litt er an einem Bergmannsleiden, das nicht zu heilen war und allmählich schlimmer wurde. Er wußte das und hatte sich auch längst zum Sterben vorbereitet. Nun aber drängte es ihn und unruhig hörten wir ihn murmeln: 'Jetzt möcht' es aber schneller gehen!' Meine weichherzige Mutter begann zu weinen: 'Ihr dürft uns nicht verl. ...' Er aber konnte Jammern seit je nicht ertragen und so brummte er sie ungnädig an: 'Sei ruhig, Marte, ich habe mein Ziel - Antonia liegt auf dem Friedhof, wie könnte ich sie verlassen; auch will ich die Eltern bald wiedersehen!'"

Nun trat eine bedrückende Pause ein und erst zögernd fragten sie mich weiter: „Wurdet ihr gut im Reiche[1] aufgenommen?"

„Dort herrschte große Not", gab ich Antwort. „Es gab von allem nicht genug, auch nur die Leute sattzukriegen, die im Lande selbst zu Hause waren. Nun kamen wir, die vielen Heimatlosen noch hinzu, und wollten auch noch in die leere Schüssel greifen ... "

Mitfühlend unterbrach mich Frau Marie: „Gab es für euch denn Essen?"

„Doch, doch, Arme teilen miteinander; und Mutter tat von sich aus alles, den Hunger kleinzuhalten: Oft ging sie über Land und kehrte manchmal auch bepackt zurück, schon als nichts mehr zum Tauschen[2] da war; sie sammelte Kräuter und Wurzeln und stoppelte auf dem Feld, auch wenn die Bauern selber gerne die letzte Ähre aufgelesen hätten. Dabei aß sie kaum, um für die Ihren aufzusparen. Wir wußten lange nichts davon, so gut verstand sie uns zu täuschen."

---

[1] Landläufige Bezeichnung für Deutschland.
[2] Um das Überleben zu sichern, wurde auch die geringe Habe an Textilien und Schuhen gegen Lebensmittel (Kartoffeln) weggegeben.

„Uns Weiber trifft doch alles Elend stets am stärksten", fast böse klang das aus der Wirtin Mund.

Ich mußte ihre Meinung teilen: „Vater starb, kaum daß wir in Deutschland angekommen waren. Jetzt hatte Mutter, wie die meisten Frauen, alle Last allein zu tragen; ich weiß, sie opferte sich auf."

„Ja, die Marta, sie hat schon immer mehr als nur die Pflicht getan (der Hausherr sprach wohl mehr mit sich). Doch sag", zu mir gewandt, „wie fühlt ihr euch und all' die andern in der Fremde?"

„Die Leute sind von Haus und Hof vertrieben und sich doch keiner Schuld bewußt. Man bringt sie in ein vom Krieg zerstörtes Land und sagt, daß das jetzt ihre Heimat wäre - als ob sich das befehlen ließe ..."

„... zum Gotterbarmen ist das", flüsterte die Hausfrau, ...

„... in alle Winde hat man sie zerstreut und dann noch einmal streng geteilt in die zwei deutschen Staaten. Kaum jemand blieb mit seiner Nachbarschaft zusammen ..."

„... wenn uns solch Los beschieden wäre", wieder unterbrach mich Frau Marie ...

„... Es wird ein fremder Dialekt gesprochen, kaum daß sich zwei verstehen können; die Bräuche sind so ganz verschieden und selbst der Glaube ist ein andrer."

„Wie sollt ihr da nur heimisch werden", zweifelnd fragte mich der Hausherr.

„Die Jungen werden es mit Mühe schaffen, sie haften nicht so stark in der Vergangenheit. Den Älteren aber wird es kaum gelingen, bei ihnen ist die Seele sterbenskrank! Auch Mutter ist oft gänzlich in sich selbst versunken, als gäbe es ringsum nichts mehr. Wir verstehen das und halten uns dann still, denn sie ist weit weg von uns daheim in einem kurzen schönen Traum, beglückend für den Augenblick, doch bitter beim Erwachen."

Der Hauswirt zeigte sich betroffen: „Uns traf es nicht - wir können euer Schicksal kaum erfassen; ich denke, daß man das so sagen muß."

xxx

Die Nacht war kaum vorbei und schon ging mein Wirt mit mir auf Reise, ganz so, als wollten wir zur Frühschicht in den Schacht. Er führte mich den weiten Weg zur Kohlengrube, wo er und Vater ihr Brot erschuften mußten und später auch noch in die Kneipe, in der sie ihr Glas getrunken hatten. Einige Männer stießen hier zu uns, alles frühere Kollegen. Ich wurde rasch bekannt mit ihnen und fühlte mich, als wäre das von jeher anders nicht gewesen. Das Gespräch nahm einen angenehmen Gang - ein wenig durch das gute Bier gefördert - und alle sprachen deutsch, nur weil ich ihre Sprache nicht verstehen konnte.

Drei-vier Burschen saßen unweit unseres Platzes. Sie hatten schon ein Weilchen scheel nach uns geblickt, kaum daß wir sie deshalb beachtet hätten. Plötzlich aber schlug der eine mit Derbheit auf den Tisch und schrie in sehr gebrochener Rede: „Sprecht tschechisch, ihr verfluchten Deutschen, wir wollen wissen, was euch treibt!"

Meine Begleiter sprangen auf und wollten ihnen ihre Bergmannsfäuste zeigen. „So ein Gesindel", knurrten sie erbost, kaum daß die dreisten Störenfriede feige weggelaufen waren, „was solche Kerle wohl von Kumpels wissen mögen!" Ich aber war so gar nicht bei der Sache und nur als Schall vernahm ich ihre Worte. Vergeblich suchte ich das Mädchen, das sichtbar nur für mich soeben noch an meiner Seite stand. Warum bloß war sie weggegangen: Konnte sie die Rohheit nicht ertragen, womit der Haß uns angesprungen hatte - oder weil mir doch ihr Bild, wenn auch für Minuten nur, aus meinem Sinn entschwunden war?

Der Heimweg führte uns zu einigen Ruinen, die ich noch als gepflegte Häuschen kannte. Bedrückt beschaute ich mir ihre Trümmer und unwillkürlich traten mir die Menschen vors Gesicht, für die hier einmal Heimstatt war. Der Hauswirt verfolgte meine Augensprache; seine Gedanken mochten wohl den meinen ähnlich sein: „Das alles war geschenkt", erklärte er, „der Boden und auch die Häuser, mit allem was darinnen war - man verstand's nur nicht zu hüten!"

„Wer im Dorfe denn jetzt wohne?"

„Leute aus allen Landesteilen, Tschechen, Ungarn und Slowaken sind dabei, sogar Wolynier und Zigeuner. Sie wollten sich im Glück versuchen und dazu noch etwas patriotisch sein."

„Ob sie es wohl gefunden haben?"

„Dieser und jener glaubt daran, auch wenn sich keiner sicher ist. Viele aber bindet nichts, sie leben in den Tag hinein und gefällt der ihnen nicht, so ziehen sie eben weiter."

„Fühlen sie sich nicht heimisch hier?"

„Es fehlt an der Vergangenheit und lieben tausend Dingen, was alles das Zuhause heißt. Und weil das niemand geben kann, so blieben sie eben Fremde."

xxx

Am nächsten Morgen machte ich mich auf - so ganz für mich allein - die alten Wege wieder zu begehen und in mein Dorf zurückzufinden. Ich ging in einen Tag voll ruhiger Gelassenheit und er traf mich auf das schönste, als wären Gruß und Ständchen eins: Der Altweibersommer war eingezogen; zahllose Fädchen schwebten sacht dahin und schmeichelnd wärmte die Sonne. Ein heller Schimmer lag über dem Tal, als wäre mein Stückchen Erde in rotfarbenes Gold eingetaucht.

In gleiche Pracht hatten sich einmal Flugblätter gemischt, vermengt mit glitzerndem Stanniolpapier. In großer Menge waren sie vom Himmel gefallen, riesigen Schneeflocken ähnlich; gleich Saat bedeckten sie den Boden. Sie riefen zu Kapitulation und Widerstand auf und waren unterschrieben von Männern, die Hitler haßten. Mir traten die Tränen in die Augen, ich glaubte doch an Ehre und Treue und die unbesiegbare Wehrmacht. Aber da standen die Namen deutscher Offiziere, von Obersten gar und Generalen, alle hochdekoriert. Bald auch kamen die Ausgebombten und Flüchtlingstrecks schleppten sich durch den Ort. Quälend langsam ging es vorwärts; sie mußten wohl sehr müde sein, die Menschen wie die Tiere.

Um diese Zeit drang auch schon manches Gerücht ins Gebirge. Von Unmenschlichem wurde berichtet, wie schlimm man es mit den Juden trieb und der furchtbaren Rache für Heydrich.[3] „Das kann nicht wahr sein, so etwas machen die Deutschen nicht", sagten die Leute und es lief ihnen kalt über den Rücken und die Zweifel nagten noch tiefer. Dann endlich war Schluß mit dem verfluchten Krieg und ich hörte mir nicht unbekannte Worte: „Das können keine Tschechen sein, so etwas tun die nicht!"

xxx

Meine Wanderung führte an den Wohnungen vorbei, in denen einstens meine Kameraden lebten. In alle Winde

---

[3] Reinhard Heydrich - seit 1939 Leiter des Reichssicherheitshauptamtes und ab September 1941 auch stellvertretender Reichsprotektor für Böhmen und Mähren - erlag am 4.6.1942 einem Anschlag, in dessen Gefolge barbarische Racheaktionen eingeleitet wurden.

waren sie nunmehr verweht und keine Spur bekannt von ihnen. Ein lieber Freund aus Kindertagen aber war geblieben, als einziger von allen. Wir hatten uns stets gut verstanden; Fremde hielten uns sogar für Brüder.

Die Begrüßung fiel auch herzlich aus und ließ auf bestes Einvernehmen hoffen. Ich schwelgte bereits in fröhlichstem Erinnern, als er mich sachte wissen ließ, 'du bist mir nicht so recht willkommen'. Mit ein paar leeren Worten hin und her klang unser Abschied spröde aus. Er war in Eile - schnell wurde ich aus seinem Haus gedrängt, selbst nach Regina versäumte er zu fragen. Ich war enttäuscht und fühlte mich gekränkt, bis mir ein Abschnitt seines Lebens vor das Auge trat - konnte er darum keinen Deutschen und wohl auch Tschechen nicht ertragen?

Seine Mutter war Tschechin, der Vater aber Deutscher und zog für Hitler in den Krieg. Er sträubte sich, „ich kann doch nicht auf andere Menschen schießen!" Vlasta aber drängte und in Sorge sprach sie zu ihm: „Edwin, du mußt, sie stellen dich sonst an die Wand!" Er kam an die russische Front und die Familie bangte um ihn, die Frau am stärksten. Sie lebte nur von Brief zu Brief und verging beinahe vor Kummer. Ihre Angst wuchs noch in dem eisigen Winter, als es zur großen Schlacht an der Wolga kam. Niemand im Dorf konnte sich an solch furchtbare Kälte erinnern - die Rehe schlüpften in die Ställe der Bauern hinein und die Vögel stürzten entseelt von den Bäumen; was erst mochte im tiefen Rußland geschehen!?

In jenen bangen Tagen trat ein Soldat in das Haus und mit ihm das Entsetzen, kaum daß er unbedacht sagte: „In Stalingrad sind alle dem Tode geweiht, niemand kann sie mehr retten!" Im Frühling kam die Schreckensnachricht; die Witwe wurde erdrückt von Leid und Schuldgefühl. „Ich habe unserem Vater schlecht geraten", klagte sie, und geriet beinahe von Sinnen. Sie weinte bis in das Jahr 1945 hinein, als schon die Sieger herrschten. „Nun aber Schluß mit dem Geplärre", schrieen die, „du solltest dich besser schämen!"

xxx

Am Kriegerdenkmal verweile ich, nach Namen meiner Familie zu suchen. Vergeblich, denn nichts erinnert hier mehr an die Toten. Nur eine fremde Losung starrt mich abweisend an, als sollte sie selbst ihr Gedächtnis tilgen. Für mich aber ist es ein Ort des Gedenkens, und wie ich über Vergangenem grüble, steigen um mich die Männer hervor, die vor mir da waren. Ich fühle mich ihnen verbunden, entblöße mein Haupt und neig' mich vor ihnen, wie es sich mir als dem Jüngeren ziemt. Auch meine Verwandten grüßen zurück, auf tschechisch und deutsch, denn beides sprach man in Böhmen.

Eine große Gruppe ist um mich versammelt. Von den mir Nächsten weiß ich sogar die Namen zu nennen. Die meisten aber bleiben im Dunkel und kein gemeinsames Wissen verbindet uns mehr. Nicht alle stehen; manche liegen am Boden und regen sich nicht, wieder andere tragen schreckliche Wunden. Zwischen den Reihen sehe ich Schatten, Frauen in Schwarz, blasse Kinder und Alte.

Ein Mann mit Krückstock löst sich aus der schweigenden Menge und hebt in bitterem Tone an: „Habt ihr nicht den Kanonendonner gehört, als wir mit Preußen um Schlesien rangen oder später beim Kampfe um Trautenau und so fort und fort all die Jahre - wie nur konntet ihr uns vergessen!?"

Auf der nahen Straße rollte eine Kolonne der Armee; die Soldaten fuhren wohl zur Übung, um gerüstet für ihr Land zu sein. Wußten sie um das Leben ihrer alten Kameraden?

Der Motorenlärm war stark, er löste meine Gesellschaft auf und ließ sie in ihr kaltes Reich entfliehen. Mich aber enthob er einer Antwort; selbst Geister hätten nicht verstehen können!

Noch ein zweites Denkmal suche ich auf, zwischen Felsen und Wald Rübezahl errichtet. Bittend blicke ich zum Berggeist hin, als könnte er trotz seiner verlorenen Macht noch immer Nöte schlichten. Er aber gewahrt mich nicht; war sein Antlitz nicht früher dem Dorf zugewendet?

xxx

Am Hange angeschmiegt lag das Geburtshaus meiner Mutter. Ein Dutzend Kinder war hier großgezogen worden und alle kehrten gern zurück, als sie längst selber Vater oder Mutter waren; dazu die vielen Enkelkinder.

Die Großeltern waren bereits alt, als sie ein Mädchen zu sich nahmen, ein nettes liebenswertes Kind. Bald war es ihnen das eigene geworden und auch für mich ganz die Cousine. Nur war es krank und darob waren sie in Sorge. Oft nahm Oma es mit, wenn sie Gras und Reisig aus dem Walde holte. Sein lustiges Geplapper verkürzte ihr die Zeit und hielt sie Rast, saß es beglückt in ihrem Schoß, von großen Abenteuern fröhlich zu berichten. War der Tragkorb angefüllt, kam das müde Mädchen obenauf. Traulich legte es die Ärmchen um den Hals der kleinen Frau, um zufrieden heimzuschaukeln. Die Last wog schwer, und auch die Jahre drückten schon, doch Frau Berta fühlte das wohl kaum. Sie hatte noch ein Ziel vor sich und so glaubte sie sich stark und rüstig.

Einmal fand ein amtlicher Brief ins Haus, geschmückt mit Adler und Hakenkreuz. Wie sehr sich der Staat um die Jugend sorge, stand darinnen, und daß der Kleinen Heilung möglich sei - dem Himmel sei Dank, sprachen glücklich die Alten. Bald schon traf wieder ein Schreiben ein, kurz, doch voller Grausamkeit, Irmchen sei verschieden, stand dort nüchtern mit einer Zeile trockenen Bedauerns.

Das Entsetzen der Eltern war groß und riß an ihrem Lebensfaden. Sie sahen nur noch die Tochter um sich und fragende Kinderaugen, wie um Hilfe zu erbitten. In ihnen bohrte es nun innerlich „schuldig, schuldig ...!" und langsam siechten sie dahin, ohne sich zu wehren. Nur ein einziges Mal noch nahm Großmutter den bekannten Weg: Ihr fehlte jetzt die Kraft, die gewohnte Bürde auch nur halbvoll aufzunehmen. Die Gedanken an Klein-Irma ließen sie nicht los und dem Leide gänzlich hingegeben warf sie sich über ihren Korb, um hemmungslos zu weinen.[4]

Jetzt aber lag das Häuschen in tiefsten Frieden eingebettet und nichts war mehr von all dem Schmerz zu spüren. Zu gerne wäre ich durch seine Tür getreten, doch scheute ich mich. Mir war, als würden zwei gütige Menschen dort ruhen und sie zu stören wagte ich nicht.

In Andacht wollte ich mich still entfernen, wie man von einem Heiligtume geht. Ich konnte nicht. Der alte wilde Garten zog mich allzu kraftvoll an und wie in Kindertagen erlag ich gerne seinem Locken. Es war doch auch zu angenehm, im hohen Grase weich zu liegen, von einer kleinen Welt betört zu sein und unbeschwert so vor sich hin zu sinnen. Die Bienen aber kamen gar zu dicht an mich heran und wollten mit scharfer Zunge von mir wissen: „Du gingst doch nicht alleine fort, weshalb nur kehrst zu einsam wieder?" Der Stachel saß, es war vorbei mit dem Gedankenflug. Die Phantasie ließ mich aus ihrem Arme gleiten und legte mich recht hart zurück ins Grün, das nun ohne allen Zauber und nichts als schnödes Futter war.

---

[4] Das Euthanasie-Programm der Nazis verschonte also selbst ein kleines Gebirgsdorf nicht.

Ein Brücklein liegt auf meinem Wege, romantisch in die
bunten Hänge eingebunden. Ich kenne es, und nur aufs
tiefste aufgewühlt vermag ich's wieder zu betreten: Hier
stand ich mit der Liebsten im Arm und blickte hinab zum
wandernden Flüßchen. Sein Ziel war ihm vorgegeben und
es zu erreichen, floß es geschwinde dahin. Ich verfolgte
sein silbernes Band mit den Augen und meine besten Gedanken eilten mit ihm, auf daß sie schnell Wirklichkeit
würden. Wie damals finde ich Reinheit und Frische, fun-
kelnde Libellen jagen umher mit gaukelnden Faltern dazwischen. Auch vom Grunde her gluckst und murmelt es
heimisch und wieder zirpt ein Grillenchor.

Wie um ein Geheimnis zu ergründen, lehne ich mich weit
über die steinerne Brüstung: Im Spiegel des Wassers erscheint mir Regina, sie lächelt mich an, innig und ver-
trauensvoll, als wäre ein Scheiden nie gewesen. Gefühllose
Wellen zerstören ihr liebliches Bild, es verschwimmt, ver-
sinkt und kehrt wieder - wie auch könnte es jemals vergehen. Glückhaft erschrocken blicke ich auf und meine, mich
narre und tröste ein freundlicher Trug. Aber beides ist nur
ein Körnchen der Wahrheit, denn eigentlich ist es mein
ewiges Träumen von ihr.

xxx

Wie selbstverständlich führte mich der Weg zur Kirche.
Sie war einmal der Mittelpunkt des Ortes, um sie bewegte
sich das Dorfgeschehen, und war es auch nur die letzte
Neuigkeit, die hier ausgebreitet wurde.

Mit Ehrfurcht trat ich durch die schwere Tür, hinein in
mildes Dämmerlicht, den Duft von Weihrauch und angenehme Kühle: Die Kreuzwegsbilder schimmern in ver-
trauter Weise von den Wänden - vielleicht ein wenig

24

nachgedunkelt. Der alte Beichtstuhl ist noch da, in dem ich meine kleinen Sünden hingeflüstert hatte und ebenso der harte Stein, auf dem ich knien mußte, um meine Strafe abzubüßen. Auch die bunten Heiligen sind mir vertraut; meist blickten sie mir schelmisch zu, wie gute alte Kameraden. 'So schlimm ist dein Vergehen nicht', meinten sie wohl, 'der Pfarrer hat doch wieder übertrieben.' Wieder schaue ich zu ihnen hin und finde ihren Ausdruck streng und finster. Warum nur sind sie unzufrieden; habe ich zuviel geirrt?

Ich bin müde, zuviel ist auf mich eingedrungen. Das Halbdunkel aber beruhigt und ermattet schließe ich die Augen: Wieder sehe ich die Dorfbewohner sitzen, meine Eltern, Regina neben den ihren, mich dazwischen, Nachbarn, Verwandte und den ernsten taubstummen Mann wie stets in der ersten Reihe. Regina zappelt; die Predigt ist auch wirklich lang - auch mich zieht es längst nach draußen. Doch gleich dreimal blickt man uns strafend an, von rechts und links und hoch oben aus der Kanzel. Erschrocken sind wir ein Weilchen lieb. Bald aber geht es mir gottlos durchs Gemüt „ist das aber langweilig heute!" Ich zeige das auch und Regina wird davon angesteckt, als habe sie darauf gewartet. Die Mütter sind böse, sie fühlen sich vor der Gemeinde verletzt: „Wollt ihr euch wohl endlich benehmen", zischt es an meinem Ohr, und von der anderen Seite kommt ärgerlich „muß man sich denn immer nur schämen?"

Es war aber Krieg und nur zu oft sprach Hochwürden vom Sterben - außer der Zeit: Kein Sarg stand feierlich vor dem Altar, denn die Männer lagen im fernen Rußland begraben. Alle Streiche waren vergessen, bis ins Mark drang uns das Schluchzen und Weinen und ein jeder rückte näher zur Mutter heran und verhielt sich brav, ganz brav.

In mein Elternhaus tat ich keinen Schritt, obwohl ich mir's doch gänzlich anders vorgenommen. Kein Schatten war von dem geblieben, was mich bislang so eng verband. Nur ein fremdes kaltes Gebäude stand am Wege, und nichts mehr zog mich zu ihm hin. Erschüttert nahm ich meine Straße und mußte doch wiederkehren. Erneut starrte ich die Mauern an, nach Verlorenem zu suchen.

Die Enttäuschung hatte mich tief und bitter getroffen. Ich konnte sie nicht verbergen und klagte darüber meinem Wirte. „In deiner Familie lebte doch die Sage von Franziska", sagte der. „Hör zu, was ich dir zu berichten habe:

Vor Jahren, in einer Frühlingsnacht, konnte ich keine Ruhe finden. Mir schien, als sollte Ungewöhnliches geschehen: In allen Räumen deines Vaterhauses brannte Licht - dabei waren die Nachbarn doch auf Reisen. Ich meinte, Musik käme von dort und glaubte Tusch und frohen Chorgesang zu hören. Auch sah ich manchmal Schatten an den Fenstern, grad so, als tanzten Paare rasch vorbei.

Es mochte um die Mitternacht gewesen sein, als eine Fremde aus der Türe trat, jung, anmutig und schön, in edlen herrschaftlichen Kleidern. Sie ruhte an der Linde nieder und weinte, als die Dämmerung begann, als ginge es ans Abschiednehmen. Ich hörte immer noch ihr Klagen, als sie im ersten Morgenlicht gleich einem Nebelhauch verging. Marie, mein Weib", so fügte er hinzu, „kann alles dies bezeugen."

„Das war die Ahnin", schoß es mir durch den Sinn. Und wieder packte mich der Schauer, ganz wie in Kindertagen, wenn Großmutter von der Hohen Frau erzählte: „Einmal im Jahr, an ihrem Hochzeitstag, läßt Gott sie gütig auferstehen. Sie webt dann wieder durch das Haus, sorgt sich um aller Wohlergehen und spendet Mensch und Tier den Segen. Hat sie ihr Werk dann wohl vollbracht, ruht sie wie einst am Lindenbaum, um endlich in ihr Grab zu treten."

„Sie ist's", kaum hörbar flüsterte Frau Marie, „doch warum ihre Tränen?"

Als Antwort fuhr ich im Erzählen fort: „So wird sie es auch weiter tun, solange hier noch ihre Anverwandten wohnen. Sind aber erst die letzten weggegangen, kehrt sie nicht mehr zurück an den geliebten Ort - nur noch als Traum wird er auf ewig sie begleiten."

„Sie mußte Abschied nehmen", so wieder traurig Frau Marie, „sie fand die Ihren doch nicht mehr!" Ich aber konnte nur mit Wehmut nicken.

xxx

Es dunkelte bereits, als ich erregt ins Freie trat. Was war mir denn geblieben von meinem unbestimmten Hoffen auf Heimat, Freundschaft, Liebe - hieß alles das mir nicht Regina? Oder war die Zeit schon über mich hinweggegangen, ganz so, wie einst der Mutter Märchen begann - 'es war einmal'?

Ich war der Verzweiflung nahe, meine Gedanken ein wirres Durcheinander, zu vieles stürmte mit ungestümen Kräften auf mich ein. Nur noch die Verheißung der Franziska-Sage ließ mich abergläubisch hoffen: 'Wer mit Kummer beladen ist, muß zu ihrem Grabe gehen und dort ein Vaterunser für die armen Seelen beten. Sie weiß, wie Beistand nötig ist und wird ihm ihre Hilfe nicht verwehren.'

Meine Seelennot hatte mich auch körperlich verschlissen. Mit kraftlos-müden Schritten schleppte ich mich den Berg hinauf zum Gottesacker, das Herz schlug in ungleichmässig-überlautem Takt und kalter Schweiß perlte in hellen Tropfen auf der Stirne.

Mit Mühe fand ich den gesuchten Platz. Er war schon ganz Natur geworden, kein schwerer Stein lag mehr auf ihm. Als sei ein weicher Teppich ausgebreitet, zog sich Efeu darüber hin und rankte schwellend in die Bäume, die ihre Ruhestatt beschützten. Dazwischen ein paar Blumentupfer, ein letztes Erinnern noch an eine lebensvolle Zeit.

Ich hatte der Verehrten vieles mitzuteilen, wohl mehr, als wäre es die Mutter. Mein ganzes Leben breitete ich aus und nichts vergaß ich ihr zu nennen. Ich fühlte mich ihr ganz ergeben und mehr und mehr kam milde Ruhe über mich. Die Nacht war längst hereingebrochen, als ich mich abschiednehmend vor ihr neigte. „Blick' um dich, mein Junge, eh' wir scheiden", verlangte sie von mir.

Mich umgab eine funkelnde-sternklare Nacht, wie ich sie niemals vorher wahrgenommen, mit samtener Luft und berauschendem Duft nach Erde, ausgegossen über den Gräbern. Die von Bäumen und Strauchwerk bestandenen Wege und Hügel aber lagen im Dunkel; Glühwürmchen, unendlich in ihrer Zahl, schwebten darinnen, zu beleuchten die Häuser der Toten. Welch unglaubliche Schönheit; ich war sprachlos in meinem Erstaunen.

„Muß nicht die Stunde die Seelen verführen", sprach wieder die Stimme, „zurück in das Leben zu treten und menschlich zu fühlen?"

Ich verstand die Ahnin und Scham fuhr mir ins Herz. Wie nur konnte ich mich selbst verlieren und vorschnell zu den Toten drängen!?

„Still, nur stille", sprach sie sanft und begütigend, wie man mit einem Kinde redet, „ich helfe dir, doch kämpfen - hörst du - kämpfen mußt du selber!"

Verwirrt und doch voll Dankbarkeit verrichtete ich mein Gebet, wie durch die Sage vorgeschrieben. Erleichtert schritt ich durch die Friedhofspforte und faßte wieder festen Tritt. Als wäre neues Leben über mich gekommen, straffte ich Körper und Geist, ich machte den Rücken gerade und hob die Augen vom Boden, den Blick auf die fernen Lichter zu richten - und in Gedanken ein Stückchen darüber hinaus.

xxx

Der Erzähler hatte mit Wärme vorgetragen, wie er nur selber dazu fähig war - ein Weilchen herrschte darum Stille, ein jeder blickte in sich selbst hinein. Bald aber wurden die Jungen ungeduldig und wißbegierig baten sie: „Sag uns doch bitte mehr von der Franziska-Sage, du hast uns neugierig gemacht!"

Der Redner aber lebte noch ganz bei seiner Liebe und so nahm sich ein zweiter seiner Frage an. „Ich kenne sie von meinem Vater", begann er die Runde einzustimmen, „der sie wieder von dem seinen wußte. Er hat sie mir so übergeben, als wäre er selbst der Glückliche gewesen, der einmal nahe zu ihr stand. Ich kann daher nur wiederholen, doch ist es auf die Schnelle nicht getan."

„Das braucht's auch nicht", beschied man ihn, „soll nicht die Liebe ewig währen?"

Also gingen die zwei entgegen der sinkenden Sonne,
die in Wolken sich tief, gewitterdrohend verhüllte,
aus dem Schleier bald hier, bald dort
mit glühenden Blicken
Strahlend über das Feld die ahnungsvolle Beleuchtung.

Goethe, Hermann und Dorothea

2.Kapitel

Franziska

Die Alten wußten um eine Geschichte, wonach ein Junge
unserer Familie eine schöne Prinzessin gefreit. Sie meinten, es wäre die lautere Wahrheit, und doch glaubte kaum
jemand daran. Man hielt sie für ein Märchen und damit
hatten die Leute wohl recht, denn sie hörten von seltener
Liebe, die dem Ahnherrn geworden sein soll:

Zwischen Wiesen und Wald lag mein Dörflein bescheiden
ausgebreitet, das weiße Kirchlein erhöht in der Mitten und
am Rande geschmückt mit einem blinkenden See. Unweit
lag das Herrenhaus in einem weitem Parke. Gewaltige
Bäume schlossen es ein und hielten gleich Riesen Wache.
Nur die Kuppel ragte über die Wipfel hinaus; sie strahlte
golden im Sonnenlicht und schien des nachts eine Krone
zu sein, besetzt mit blitzenden Sternen.

Das Leben nahm seinen gewohnten Gang, ohne Hast und
Eile, wie es seit jeher üblich war. Alles schien gottgege-
ben, und so gab es wohl nichts zu fragen: Der Bauer
stapfte gemächlich hinter dem Pflug, vom Morgen bis zum
Abend; die Frauen und Mädchen sangen, zogen sie zur
Ernte ins Heu und im Herbst begann fröhliches Jagen.

Das Land war fruchtbar, mit einem milden Klima gesegnet und konnte zwei Ernten geben. Es gehörte dem Herrn Baron, soweit das Auge nur reichte, mit allem was sich darauf befand, die Menschen eingeschlossen. Die Bauern aber drückte die Fron, sie grollten in ihren Hütten und manch einer ballte die Faust - so war hier wohl doch nicht Eden.

Eigentlich gehörte ich nicht hierher, und war nur Gast, auch wenn ich mich zugehörig fühlte. Die Eltern hatten mich geschickt, und so lebte ich beim Gutsverwalter, der ein Bruder meiner Mutter war. „Sieh dich dort um", hatte Vater mir gesagt, „wenn du einmal der Bauer bist, wird dir die Reise nützen!"

xxx

Baron und Baronin waren bereits in den Jahren mit schon erwachsenen Kindern. Ein Mädchen aber war noch nachgekommen mit großem Abstand zu den Geschwistern. Das nun wollte unterhalten sein und brauchte dazu einen Spielgefährten. Die Herrin bestimmte mich dazu, wohl da ich nicht als Bauernjunge zählte und so zur Not als brauchbar galt. Ich wurde ernsthaft durch sie eingewiesen:

„Du darfst mit Franziska zusammensein ('welche Gnade', dachte ich mir, 'mit diesem Fratzen!'), doch denke daran, sie ist ein Fräulein und du hast sie zu achten mit allem Respekt. Du mußt ihr dienen und willfährig sein, ganz gleich, was sie auch fordert. Nur paß ja gut auf, daß ihr nichts Böses geschieht, ich müßte dich hart dafür strafen!"

Nach dieser Belehrung wäre ich gerne weggelaufen; der Oheim aber machte Mut: „Ich weiß, das Fräulein ist verwöhnt, doch ist es auch ein liebes Kind; vielleicht könnt ihr sogar Freunde werden."

Die ersten Tage waren mir ein Greuel; ich fühlte mich zum Dienst gezwungen, das Hexlein aber zierte sich und ließ mich den Abstand zu ihr fühlen. Allmählich jedoch legte sich die Spannung, der Ausbund wurde nett und freundlich, und meine Pflicht begann mir leidlich zu gefallen, als ein Ärgernis geschah: Auf Franziskas Plätzchen stand bei ihrem Kommen ein altes unscheinbares Kästchen, als hätte es zu ihrem Ärger jemand mit Absicht hingestellt. Sie war darüber aufgebracht und schalt sogleich im Augenblick, ich möchte sofort meinen Plunder an mich nehmen. Naseweis noch setzte sie hinzu, daß ihr das nicht nochmals passieren möchte.

Mir fuhr der Trotz in alle Glieder; so frech hatte noch kein Kind im Dorf mit mir gesprochen. „Kannst du nicht hören?", zankte sie und stampfte zornig mit den Füßchen. Ich aber schwieg und dachte nur, was wird das kleine Biest wohl jetzt beginnen. Das aber sagte resolut, dann muß ich's eben selber machen und warf den Streitfall in den nahen Teich. „Es ist nicht meines", rief ich noch, doch war es da schon auf der Reise.

Bald sahen wir ein Buch im Wasser schwimmen, ringsherum das schönste Garn zum Sticken und eine Menge von den Dingen, die eine Dame bei sich trägt. „Ach", hörte ich kleinlaut die Franziska, „das gehört doch alles meiner Muhme!"

Ich sprang ins Wasser und sie nach, den vielen kleinen Dingen nachzujagen; wir fanden auch noch Spaß daran, sie um die Wette einzufangen. Zu spät bemerkten wir in unserm Fleiß, wie sumpfig doch der Boden war. Gerade Franziska war das anzusehen; und als ich sie endlich aus der Schwärze zog, war sie beschmutzt vom Schuh bis in ihr schön frisiertes Haar, als hätte sie ein volles Bad im Moor genommen.

Die Herrschaft war sehr schlecht auf mich zu sprechen. Ich hätte, hieß es aus dem Schlosse, mich nur in Haus und

Park herumgetrieben, das Fräulein aber fast ertrinken lassen. Man wolle keine Strolche um sich haben und überlege sich daher, mich aus dem Dorfe zu vertreiben.

Ein paar Wochen mußte ich jetzt bangen, was wohl mit mir geschehen werde. Dann aber hörte ich erlöst den Oheim sagen: „Der Herr konnte sehr herzlich über euer Baden lachen. Das Fräulein hat es ihm auch lustig vorgetragen und alle Schuld auf sich genommen."

Zwischen Franziska und mir begann nun eine echte Kinderfreundschaft. Man ließ uns gewähren; die Erwachsenen mischten sich kaum ein und ich fühlte keine Standesschranken.

xxx

Die schönste Stelle im Parke gehörte Franziska, hier war sie Bäuerin. Sie hackte, säte und pflanzte, wie bei den Mägden gesehen. Dazwischen hüpfte sie nach dem Stall, umkränzte die Kühe und Kälber und kraulte ihr weiches Fell. Zum Schluß brach sie Blumen, Frau Flora ein Opfer zu bringen. Ganz nahebei stand der Göttin marmornes Bild, im Grün der Büsche fast versunken. Es war ein heimlich-schöner Ort und ich mußte da ganz stille sein. Denn hier sollte, so um die Mittagszeit, ein Faun seine Ruhe halten.

Müde geworden hielten wir Rast, aneinandergelehnt, und sie erzählte mir leise die Märchen, die sie von der Amme gehört: von Urvater Čech oder Krok und seinen drei schönen Töchtern, doch am liebsten von Libussa, der Königin, die einen Bauern zum Manne nahm und sehr glücklich mit ihm wurde. Rief aber der Kuckuck vom Walde her, hielten wir im Plappern ein. Ein jeder sprach schnell einen Wunsch vor sich hin oder zählte rasch seine Jahre. Das allein aber genügte ihr nicht und sie wollte vom Rufer noch wissen, „wie lange werden wir wohl noch zusammensein?" Als müßte das Tierchen nun überlegen, kam lange kein einziger Ton. Dann aber begann es aufs neue zu schreien, fast ohne aufzuhören.

xxx

Mit der Kinderzeit gingen auch die Tage mit Franziska zu Ende. Ihre Eltern litten mich nicht mehr im Haus und ich mußte das Mädchen meiden. Ich fühlte mich einsam, vom Glück weggestoßen und es fiel mir sehr schwer, ohne die Freundin zu sein. Oft trieb mich die Sehnsucht, und ich lief Stunde um Stunde um Schloß und Park, ihr Bild zu erhaschen. Manchmal sah ich sie auch, sie winkte mir zu und wir unterhielten uns für Minuten. Doch die alte Vertrautheit schwand immer mehr, ein vornehmes Fräulein stand nun bei mir und ich begann mich vor ihr zu genieren. Langsam, ganz langsam verstand ich auch, welch tiefer Graben zwischen uns lag; sie weit oben und ich tief am Grunde.

Ich fühlte mich gedemütigt und verhöhnt, abgelegt wie ein Werkzeug, das nicht mehr zu gebrauchen ist. Der Groll nagte an mir und ich war böse auf die Welt und mich.

Wie von ungefähr nahm mich mein Oheim beiseite: „Du kennst doch den freundlichen älteren Herrn, der öfters Gast des Barons ist?"

„Den Runden", respektlos entfuhr es meinem verdrossenen Sinn.

„Ganz recht", unbefangen erhielt ich Antwort, ganz ohne Belehrung. Ich fühlte Gefahr und fragte schnell, „und was soll es mit ihm auf sich haben?"

„Du ahnst es sicher schon, doch will ich dir's deutlich sagen: „Dieser Herr ist noch unbeweibt und möchte sich zu

34

seinem Geld auch noch mit Jugend schmücken - er hat um Franziska angehalten!"

Das Herz krampfte sich mir zusammen; mir war, als müßte ich im Innersten erlahmen. Der Ärger aber zwang aus mir heraus: „Möge sie glücklich werden mit dem Reichen!"

Der Oheim wurde nun bestimmt. Er fuhr mir ungehalten über meinen losen Mund und sagte, was ich in tiefster Seele selber dachte: „Franziska möchte wohl lieber alles tun, nur nicht den Alten nehmen, nur hat sie niemand, der ihr hilft. Ich hoffte deshalb sehr auf dich, du aber verstehst nur Bosheit zu verbreiten, anstatt ihr männlich beizustehen." Wie er mich doch verkannte!

Ich fand Franziska an ihrem Lieblingsplatz, demselben, wo wir früher spielten. Mich empfing ein dankbarer Augenstrahl von einem sehr blassen Mädchen: „Schön, daß du kommst", mochte das heißen.

Sie sprach offen zu mir, ganz ohne Schnörkel, als wäre noch immer Kinderzeit: „Früher sagte ich Onkel zu ihm, er schaukelte mich auf den Knien und ich hatte ihn gerne. Plötzlich aber verlangt mich der Verräter zur Frau, ohne nach Neigung und Willen zu fragen!"

„Was ihre Eltern von der Sache hielten", wollte ich wissen, und hätte am liebsten wie ein Hofhund geheult, wäre sie nur nicht so gefaßt gewesen: „Sie meinen, meine Erregung werde sich legen, wenn ich erst selber Baronin wäre. Auch sähen sie keinen Grund zur Aufsässigkeit, denn vor mir läge eine gute Partie. Und im Vertrauen sagte mir Mutter noch, bei ihr wäre das alles sehr ähnlich gewesen. So sei nun einmal der Frauen Los, und darein müsse man sich fügen."

Ich fragte weiter bang, ob sie denn auch so denke. Ihre Antwort kam stolz und entschlossen, hart und klar wie aus der Gewitterwand: „Ich lasse mich nicht zwingen ..!" - und bittend, leise hinterher „willst du mir dabei helfen?"

Mich durchfuhr es glühendheiß, als hätte mich ihr Arm umfangen: „Ja!", sagte ich, und war bereit, alles für sie zu wagen.

xxx

Wieder einmal schlich ich des abends durch den Park, nur um Franziska nahe zu sein. Es war still, schon ruhten Strauch und Baum im letzten Dämmerlicht, in milde Wärme eingebettet. Ich fand keine Hindernisse. Nur die Käuze riefen mir mürrisch zu, als wollten sie mich warnen: „Geh-weg, geh-weg, geh-weg!"

Das Schloß war festlich erleuchtet, es mochten wohl Gäste da sein. Aus den Fenstern drang zarte Musik und ich hörte das Fräulein singen. Dann sah ich sie selbst, die Schönste im Saal, umschwärmt von Kavalieren. Auch der Dicke fehlte nicht, gewichtig neigte er sich Franziska zu, wohl um ein galantes Wort zu sagen.

Von all dem Glanze geblendet, kroch mir der Kleinmut furchtsam ins Herz und ließ mich ängstlich fragen - wie soll ich dir nur helfen? - Aus dem Portale trat das Fräulein hervor, köstlich geschmückt als Braut. Mir stockte das Blut, wohin ging sie nur, gab es denn gar kein Wiedersehen!? Doch als sie näher zu mir schritt, zerfloß das große Gebäude; es wurde zum hohen Kirchenschiff und Gott selbst stand vor dem Altar. „Liebet euch", sprach er zu Franziska und mir, „bis ihr vergeht und eins mit mir werdet." Feierlich umschlang uns die Orgelmusik, vermischt mit Glockengeläute - „ihr gehört euch auf Erden alleine!"

Ich erwachte und fand meine Hand ausgestreckt, das flüchtige Glück festzuhalten. Ein kindliches Staunen kam über mich und obwohl ich es besser wußte, schien mir nach meinem seligen Traum, als wären alle Menschen sich gleich, freundlich und hilfreich einander.

Ihre Fenster fand ich geöffnet, schon glänzte in ihnen das Morgenlicht. Ein leichter Vorhang schützte den Raum, vom Winde nur leicht angerührt, als wäre es ihr Atem. „Behüte sie gut", wünschte ich, und knüpfte in ihn alle Sehnsucht hinein und verwob sie mit meiner Liebe.

Pferdegetrappel schreckte mich auf; es war der Sohn des Herrn, er ritt hinaus zur Jagd. „Was spionierst du, Bauernknecht, scher dich fort aus dem Parke!"; wütend hob er die Gerte. Wie von alters gewohnt, war ich bereit, die Flucht vor der Macht anzutreten. Ziellos lief ich durch den Park, und weiter, hinaus in die Heide. Die Schmach, die man mir angetan, brannte in verwundeter Seele. „Nur fort, nur fort", schrie es in mir: „Gehe ich nach Amerika, um niemals zurückzukehren, oder trete ich unter die Fahne, der Herr Kaiser braucht immer Soldaten?!"

Der erwachende Tag erst dämpfte mein erregtes Gemüt. Vom Flusse stiegen sanft die Nebel empor; ich hörte die Vögel singen und an jedem Zweig, der mich traf im Gesicht, schwollen pralle Knospen. Der Frühling war nah, er erreichte auch mich und ließ frische Kraft gewinnen.

„Josef", rügte ich mich, „was beeilst du dich mit dem Sterben? Weshalb solltest du wohl auf das Schlachtfeld ziehen, etwa zum Ruhme der feinen Herren? Warum willst du gar außer Landes gehen, fehlt es dir etwa an Heimat?" In mir erwachte so etwas wie Bauernwut, ein Rest wohl vom letzten Aufstand. „Hier gehst du nicht weg, du bleibst am Ort, wozu billige Tränen erwerben?"

„Mein Bruder ist sehr ungeschliffen", fand Franziska, als wir uns endlich wiedersahen. „Er benahm sich auch ganz grob zu mir, doch hat das mit uns beiden nichts zu schaffen!" Ich aber lebte noch in meinem Traum und schwebte weit über der Erde. Ganz unbewußt entfuhr es mir: „Wir werden stets zusammenstehen" und ihr, wie wunderlich - „nie voneinander lassen! Jetzt mußt du mich küssen", verlangte sie, „das hilft und gehört zum Versprechen!"

Das tat ich auch mit großem Mut und berührte doch kaum ihre Wange. „Ich zeige es dir", so sie darauf, und drückte die Lippen auf meinen Mund, daß mir das Herz aus dem Halse sprang und alle Sinne vergingen.

Zu Hause versuchte ich klarer zu denken. „Was ist das nur für ein Mädchen", staunte ich, „mit dem Herzen voller Gefühl und einem Willen aus Eisen!" Mein rauschhaftes Erleben kehrte zurück und ich begann an meinem Verstande zu zweifeln. Doch ihr Kuß brannte in mir und im Spiegel sah ich ein rotes entrücktes Gesicht, kaum daß ich mich wiedererkannte!

An einem dämmrigen Morgen lag über dem Park ein heller Schein und rotleuchtende zuckende Flammen darunter; beizender Qualm zog auf das Dorf zu. Ich rannte los, die Sorge trieb mich an und lief wohl vielmals schneller als die andern.

Es brannte bereits alles lichterloh, das Schloß, die Ställe und Scheunen, vom Winde kräftig angefacht. Gleich Zwergen mühten sich einige Menschlein, die Riesenfackel zu löschen.

Ich konnte Franziska nicht finden und jagte in Angst umher, jeden Winkel nach ihr abzusuchen. Dabei glaubte ich doch immer noch, sie wäre gewiß nach ihrer Art, längst irgendwo beim Helfen. Ein Schreckensschrei, wie im Wahnsinn ausgestoßen, entriß mir meine Hoffnung: „Franziska ist noch im Schlosse!" Das Entsetzen fuhr mir in die Glieder, doch lähmte es nur für den Augenblick. Mein Herz ließ mich rasend werden und ich stürmte wie irr durch das Tor: Ich fand sie in ihrem Zimmer, vor dem Bild Mariens zusammengesunken. Zu Tode erschrocken nahm ich sie auf, um durch Feuer und Rauch verzweifelt das Freie zu suchen. „Gott hilf", flehte ich, und wirklich gelang mir die Rückkehr. Hier fiel ich wohl nieder mit meiner Last, denn auch mir vergingen die Sinne.

xxx

Die Herrschaft wohnte jetzt im Altschloß, einem maroden unscheinbaren Bau. Ich war dort wieder zugelassen, durfte die Franziska sehen und mußte mich nicht allzu untertänig zeigen - das war wohl jetzt auch nicht geboten.

Der Baron verstand mein Tun als Dienerpflicht, den Grundherrn treulich zu beschützen - als ob ich nicht auch einem armen Teufel beigestanden hätte!

Was ich mir wünschte? Die Antwort lag mir ganz vorne auf der Zunge, doch schluckte ich sie schnell ganz tief in mich hinein. Ich sagte 'nichts'; auch war mir seine Frage peinlich, als ließe sich hier Handel treiben.

Bald kamen Gerüchte auf, der Baron wäre so gut wie am Bettelstab und besäße kaum mehr als ein Bauer. Das Feuer habe ihn ruiniert, alles Hab und Gut verschlungen und nur die Schuld nicht angerührt. Seine letzte Hoffnung läge bei Franziska, doch nun zögere der reiche Bräutigam, als reize nicht mehr die Umworbene.

xxx

Ich lebte wie im Taumel; der glückhaftigste Traum benahm mir den Sinn und ließ sich nicht unterdrücken - Franziska an meiner Seite! Als ich den Eltern darüber erzählte, verstanden sie das als gewagten Scherz. Der Gedanke allein lag ihnen fern und war für sie widersinnig; nur ein Kranker konnte ihn haben. Auch war mir die Braut schon ausersehen und alles längst abgesprochen: „Die heiratest du", sprach erbost die väterliche Gewalt, „sie arbeitet gut, hat ein hübsches Gesicht und ist nicht von den Ärmsten!" Ich aber war voller Entschlossenheit und leistete ihm Widerstand; es schien zum Krach zu kommen. Zum Glück mischte sich Mutter ein, sie verstand wohl auch mehr von der Seele. Ich solle erzählen, verlangte sie, und recht verständlich bleiben.

Nach vielem Reden war Vater milder gestimmt und neigte sogar zum Spötteln. „Weißt du überhaupt, wie der Adel entstand - nein? Dann muß ich dir's wohl erklären: Über Böhmen flog einst der Teufel, bepackt mit bösen Gesellen. Seine Laune war schlecht, denn die Last war schwer und der Weg noch weit bis zur Hölle. Er fluchte auch ganz fürchterlich und schüttelte heftig die verängstigte Beute, als ihm ein würdiger Einfall kam: 'Was soll die beschwerliche Reise', fragte er sich, 'was plag' ich mich mit den Wichten - sie sollen mir diesseits nützen!' Also sprach er zu dem Gesindel: 'Wollt ihr mir dienen, so laß ich euch durch die Löcher im Sack wieder zur Erde schlüpfen. Ihr sollt auch reiche Leute sein und müßt nur, damit's auch so bleibt, kräftig die Bauern bedrücken!' Das freilich gefiel den Lumpen sehr (war es doch besser als rösten). Schnell schrieben sie dem Dienstherrn ihr 'ja' auf den haarigen Leib und schon waren es Adelige!"

Ich freilich trat sogleich für Franziska ein, kaum daß er ausgesprochen hatte: „Für sie trifft das aber gar nicht zu, sie ist das allerbeste Mädchen!"

Vater mußte über meinen Eifer lächeln und sagte etwas hintergründig: „Ganz recht, das Fräulein müßte eine Krone tragen, so einzig hast du sie beschrieben!"

Ich glaubte schon an einen Sinneswandel und übersah den feinen Strick. Die Einfalt gab mir sogar ein zu sagen: „Ja, sie könnte eine große Herrin werden!"

Die Antwort traf mich überraschend hart und wirkte wie ein kalter Guß: „Dafür ist sie auch vorbereitet. Du aber treibst sie in den Rinderstall und Vater wird sie von sich stoßen; das geht nicht gut, mein Junge!"

Bei meiner Mutter hatte ich mehr Verständnis gefunden, doch schlug ihre Meinung nicht für mich aus: „Es ist schön und sehr lieb, das adlige Kind, und ich habe es gerne. Doch kommt es aus einer anderen Welt und paßt nicht zu dir", entschied sie für mich, „es gehört zu den feinen Leuten!"

xxx

Es war Herbst und das Land in goldfarbenem Licht, nicht anders als unser Gemüt. Wir verlebten eine himmlische Zeit - abends gurrten die Tauben uns zu und nachts schlug die Nachtigall. Selbst die Sonne war uns zugetan, kaum ruhte sie noch, nur eine Rast legte sie ein auf rötlichen Wolken hinter dem Park. - Immer mehr wuchsen wir in den Gedanken hinein, uns für immer anzugehören.

Mein Glück blieb nicht ganz ungetrübt. Vaters Warnung verfolgte mich; sie saß als Geist in meinem Nacken und flüsterte mir drohend zu: „Das Mädchen ist dir gut, weh dir, du führst es ins Verderben!"

„Franziska ist wohlbehütet aufgewachsen", sinnierte ich, „allem Schönen zugetan und kennt vom Leben nur die angenehme Seite. Was aber kann ich ihr schon bieten? Wie hatte Vater doch gesagt: 'Mutter schuftet den lieben langen Tag und schläft spätabends vor Erschöpfung ein. Meinst du, das sollte auch Franziskas Zukunft werden?'" Ich sah ihr schönes kluges Gesicht vor mir und ihre zarten feingliedrigen Hände. „Könnte sie wohl in meinem kleinen Kreise leben", fragte ich mich, „kann ich ihr ebenbürtig sein, wenn auch auf meine Weise?"

Die Bedenken quälten mich und ließen sich nicht überwinden, wie Felsen lagen sie auf mir. „Na siehst du", unterbrach mich nun frohlockend meine Bürde, „so manches will besprochen sein. Sei jetzt kein Feigling, du mußt ganz offen mit ihr reden!" Franziska aber hatte sich bereits entschieden und kannte auch kein Wanken mehr. Sie war daher enttäuscht von mir und fühlte sich verraten. Ein Zauderer sei ich, warf sie mir vor, und würde Zeit vertun mit Grübeln, wo festes Handeln nötig wäre!

xxx

Meiner Franziska ging es gar nicht gut; ihre Eltern hatten ernst mit ihr gesprochen; sie erzählte mir davon und noch immer flossen ihre Tränen: Von der Geschichte der Siebenbergs war die Rede gewesen und dem Ruhm, den sie auf langem Weg erwarben, und daß ihnen der Stolz stets geblieben sei, selbst in weit schlechteren Tagen.

Man hätte sie, die Jüngste, am meisten geliebt und wolle sie einmal im Lichte sehen. Gerade die Mutter habe sich das so schön vorgestellt - Franziska als Frau, liebe Enkel dazu und sie alle als ihre Kinder. Schließlich sagte ihr der Vater noch, daß er trotz allem noch von Einfluß wäre, und so fände sich wohl ein braver Mann - doch wie dem auch sei, von dem Bauern müsse sie lassen! Franziska aber blieb widerspenstig: „Ich habe ihn gerne", sagte sie, „und mochte ihn schon vor dem Brand, auch wenn ich das damals nicht wußte!" Das nun wieder empörte zutiefst den Baron und fassungslos schrie er sie an: „Den Kerl hätte ich längst umgebracht, stände ich nicht in Schuld bei ihm. Du aber gehst in ein Kloster und verlobst dich mit Jesum, unserem Herrn, oder trittst in ein Damenstift; die Mitgift wird mein Vetter zahlen!"

Franziska hielt inne und setzte doch gleich wieder fort, wohl weil die Last sie allzusehr bedrückte: „Wie betäubt stürzte ich ins Freie, nach Kinderweise Beistand bei unseren griechischen Göttern zu suchen. Doch vergeblich, meine Nöte konnten sie nicht erweichen, sie waren eben aus Stein. Nur Psyche allein schien Mitleid zu fühlen. Mitfühlend hob sie die Arme zum Himmel, für uns beide zu beten.

Mir war elend zumute, ich sah mich bereits heimatlos und verlassen und meine Kraft war erschöpft. Ein scharfer Wind jagte braunes Laub vor sich her, so ganz ohne Willen ließ es sich treiben. Ich erschrak bis ins Mark - wie mich?! Die Gefahr rüttelte mich auf. In mir erwachte wieder der Mut und verband sich mit meinem Trotze. 'Ich bin doch auch eine Siebenberg', rief es in mir, 'und lasse mich nicht beugen! Und gibt es nicht mehr in Gottes Welt als Schlösser und Klöster?'"

xxx

Bald darauf verzog die Familie, weit weg ins Mährische hinein, und auch Franziska mußte mit ihr gehen. Mein Onkel aber merkte rasch an meinem sonderbaren Wesen, daß ich an schwerer Krankheit litt. „Geh zurück zu deinem Vater", riet er mir, „der will ins Ausgedinge gehen - bei mir gibt's eh nichts mehr zu tun." Ich tat es auch, hoffte ich doch, meinem Kummer damit Zügel anzulegen.

Fürs erste war ich auch gefaßt, denn Arbeit gab's im Übermaß. Fast unmerklich aber kam die Sehnsucht über mich, wuchs und nahm mich gefangen Tag und Nacht, bis sie unbändig wurde. Ich fieberte auf Nachricht von ihr und bebte, wenn ein Fremder kam, er könnte mir ein Briefchen bringen. Alles versank um mich, ich nahm meine Umwelt nicht mehr wahr, nur an Franziska konnte ich noch denken.

Warum nur schrieb sie nicht - waren die Eltern übermächtig, konnte sie krank geworden sein, hatten Zweifel sie geängstigt; was alles mochte bloß geschehen sein: Schon sah ich nur endlose Pein vor mir und nie wiederkehrende Seligkeit. Düster und leer verrann die Zeit und einzig blieb mir das Hoffen.

An einem meiner dumpfen Tage kam ein Mann auf unseren Hof geritten und fragte nach dem jungen Herrn. Mein Vater, dem ein Scherz stets nahelag, rief auch sogleich nach mir in diesem Sinne.

Ich war gerade im Schweinestall, den Tieren auszumisten. Meine Kleidung paßte sich dem an und auch der Geruch als Drumherum. Der Reiter sah enttäuscht nach mir, als ob er unter meinem Anblick litte. Deshalb zog er wohl auch zögernd nur ein duftiges Papier aus seiner Satteltasche, wie es bisher in Sedlowitz kaum je ein Mann erhalten hatte. Ich las mit Ungeduld. Ein jedes Wort umarmte mich; ich mußte in das Haus entfliehen, um mich vor Vater und dem Boten nicht innerlich ganz auszuziehen:

Franziska lebte jetzt bei einer betagten reichen Dame, der sie Zeit und Grillen zu vertreiben hatte. Es ging ihr gut, jedoch ... Wie schnell ich sie sogleich verstand. „Nun aber los", sprach ich trunken zu mir, „die Hochzeit vorbereiten!"

xxx

Die Eltern hatten sich in meine Wahl ergeben, wenn auch manches 'aber' geblieben war. Vater sah im 'Fräulein' noch immer die Obrigkeit; Mutter dagegen machte Beschwerde, daß Franziska so gar nichts vom Haushalt verstand und keine Kuh melken konnte. Beide aber meinten, vielleicht läßt sich's regeln, lade sie endlich nach Hause ein!

xxx

Meine Eltern, gekleidet in ihren Sonntagsstaat, erwarteten uns an der Gartentür. Sie waren beide recht aufgeregt, dazu Vater noch steif und linkisch. Auch Franziska war nervös, doch ihr halfen Erziehung und Natürlichkeit und so machte sie Vater einen Knicks und küßte der Mutter die Hände.

Der Besuch wurde freundlich zu Tisch gebeten und saß bald unterm Marienbild, selbst wie eine Madonna anzusehen, und wo es sonst nach Kartoffeln roch, lag jetzt der Duft von Wiener Parfüm.

Das Gespräch begann schleppend und nur zögernd wurden die ersten Worte gewechselt. Bald aber verlor sich die Scheu; den Eltern gefiel die schöne ungewöhnliche Braut, die sich lieb und nett verhielt und ohne allen Dünkel. Auch Franziska war sehr angetan, sie fühle sich wohl aufgenommen, als würde sie zum Haus gehören.

Vater war wie ausgewechselt und aufs beste aufgelegt. Er brachte sogar seinen Kümmel herbei - trotz Mutters zorniger Blicke - und bot ihn der Franziska an. Die zierte sich nicht, sie nippte sogar an dem scharfen Zeug und verzog nicht einmal ihr Schnäuzchen.

Natürlich wurde dem Gast auch das Haus gezeigt, zusammen mit Stall und Scheuer. Mutter hatte Franziska untergehakt und sprach von ihrem langen Tag, der fast nicht enden wollte. Forschend blickte sie zu ihr hin, wie sie so zu der Sache stand. Mir aber war unwohl bei dem Frauengespräch - sollte hier eine Prüfung geschehen, wollte Mutter warnen, vielleicht gar meine Liebe vergraulen?

xxx

Der süße Geruch des Jasmin erfüllte die Luft, vermischt mit dem Dufte der Linden und Rosen. Er lag mir berauschend auf der Brust und ließ mich den Frühling atmen. Wieder läuteten Hochzeitsglocken, wie ich sie in meinem seligsten Traume schon einmal gehört. Ich wußte, sie waren jetzt Wirklichkeit und dennoch hielt ich Franziska fest, niemand durfte sie mir mehr nehmen.

Eine solche Braut hatte das Dorf noch nicht gesehen, eine Prinzessin saß am Festtagstisch im reichen Kleid der hochgestellten Dame; schwarzglänzendes Haar umrahmte ihr feines schmales Gesicht und wunderbar strahlten die Augen.

Aus dem herrschaftlichen Hause war kein Gast zur Feier erschienen - und wir hatten so sehr gehofft. Franziska schmerzte des Vaters Grausamkeit und litt darunter, gerade an diesem Tage. Eine tiefe Bitternis kam über sie und verzweifelt begann sie zu weinen. Gespräch und Geklapper verstummte und die Musik brach ab, selbst nach dem Glase wagte niemand zu greifen. Es wurde sehr still an der Tafel, als habe der Tod sich eingestellt. In unsere Starre aber brach Jubel ein; eine Lerche schwang sich auf über dem Kamenetz und ließ mit ihrem kleinen Lied auch große Sorgen schmelzen.

Franziska hatte sich gefaßt; meine Mutter küßte sie herzlich und ich drückte ihr sanft die Hand. Sie verstand, ein neues Leben soll beginnen, da heißt es zuversichtlich sein. Auch fühlte sie wohl jetzt so recht zum erstenmal: „Hier bin ich zu Hause, allezeit!"

Spätabends pflanzten wir einen Lindenbaum, Franziska hatte das vorgeschlagen. Pfarrer Scharf, der noch zugegen war, sprach dazu segnende Worte. Dabei blickte er stolz auf meine Frau, seine 'liebe tapfere Tochter', wie er sie gerne nannte: „Wie aus dieser schlanken Gerte auch mög' euch ein starker Stamm erwachsen. Ihr werdet an seiner Wurzel stehen und sollt ihn auch, so lang er lebt, für immerdar begleiten!"

xxx

Was Franziska einmal als Vergnügen galt, wurde nun zu harter ungewohnter Arbeit. So manches fiel ihr schwer, auch wenn sie alle Mühen wie selbstverständlich aufnahm und kein Opfer darin sah.

Es gab nicht mehr die rauschende Ballmusik mit Gästen von weither und schmucken Offizieren der k.k. Armee, keine erwartungsfroh-prickelnde Reise und es fehlte der Park, um sich zu ergehen und geistvoll Gespräche zu führen.

Sie war jetzt Bäuerin und bangte um die Ernte mit mir und jedes kranke Tier bereitete ihr Sorge. Doch las sie weiter ihre Bücher und auch ein Flügel stand im Haus, wenn das auch für die Nachbarn schon sehr ungewöhnlich war. Sie aber brauchte ihn, mit ihm drückte sie ihr Fühlen aus und spielte darauf ihr Leben: Leicht und heiter schweben die Töne heran, gleich einem frohen Gesange. Zarter und inniger wird ihr Lied, getragen dann und feierlich, wie eine hohe Weihe. Ein düsteres Geschehen mischt sich ein, wie letztes verzweiflungsvolles Winken, das in Ruhe übergeht, wenn auch mit herben Seiten.

Nur wenige Jahre nach unserer Heirat starben ihre Eltern; zu einer Versöhnung war es nicht gekommen. Die meinigen aber hatten sie sehr liebgewonnen und schenkten ihr alle Herzenswärme. „Sie ist doch eine arme Waise", sagten sie, „und braucht ein wohlig Körbchen." Die Mutter war ihr sonderlich verbunden und nahm etwa die Stelle einer weisen Freundin ein. Meinen Vater wieder freute ihre überlegte entschlossene Art und auch die Schönheit sah er gerne. Er war stolz auf sie und es schmeichelte ihm wohl, sie nah bei sich zu haben; stets stellte er sie als Tochter vor, so oft das nur gehen wollte.

Für mich aber war sie der „Ewige Frühling", wie er in Stein vor dem Schloß ihres Vaters stand, doch voll drängenden Lebens, mit einem Lächeln um den Mund, und den Blick nach vorn gerichtet. Ich verehrte Franziska. Sie hatte ihre Welt verlassen und war mir in ein Bauernhaus gefolgt, mit Schindeln gedeckt und umgeben von einem Bretterzaun; brauchte es dazu nicht Adel?

Franziska war heimisch geworden. Es beglückte sie, mit mir über die Wiesen zu gehen und das Feld, wenn die Ähren reiften; alles Gedeihen bereitete ihr Freude. War aber abends die Arbeit getan, ruhte sie meist ein wenig aus, auf der Bank nahe unserer Linde.

xxx

Im Wirtshaus von Rixter saßen spätabends noch einige Gäste. Sie waren müde von Bier und Kartenspiel und vergnügten sich nur noch mit Tratschen:

Alois: „Für mich wäre das nichts, diese feine vornehme Frau, und noch dazu von Adel!"

Ignaz: „Mir geht es da ganz ebenso; mit ihr wüßte ich nichts anzufangen, nicht einmal was zu reden."

Alois: „Ich lob mir meine kernige Alte, an der weiß ich was ich hab'!"

Hannes:	„Der Seff[5] ist es zufrieden!"
Ignaz:	„Den hat sie doch neulich bis nach Prag mitgeschleppt, bloß um ins Theater zu laufen!"
Hannes:	„Sie ist halt eine Dame, auch wenn sie meist ein Kopftuch trägt."
Ignaz:	„Vielleicht wollte sie mal weg vom Stallgeruch; wer möcht's ihr auch verdenken?"
Alois:	„Seff ist selber schuld daran, er läßt ihr doch jeden Willen!"
Hannes:	„Füreinander tun die beiden alles!"
Ignaz:	„Er schont sie auch, kaum sieht man sie einmal auf dem Feld!"
Alois:	„Und sonntags - hört' ich - bringt er ihr's Frühstück an das Bett, ..."
Hannes:	„... das geht uns überhaupt nichts an, er hat sie eben gerne."
Alois:	„Ich denk' mir doch, er ist ihr Knecht. Bei diesem Weibe muß er's wohl auch werden!"
Hannes:	„Ich will euch mal was erzählen: Zu unserer Kirmes kamen zwei Vagabunden. Sie waren schon morgens in Bierdunst gehüllt und tagsüber soffen sie weiter - ihr werdet euch erinnern. Franziska mußte an ihnen vorbei, sauber, schmuck und fesch wie immer, die reinste Freude sie zu sehen. Auch die Trinker wurden munter und spöttisch lallten sie sich zu: 'Sie mal, wie die nur aussieht!'"

---

5   Kurzform für Josef (bei Erwachsenen).

Ignaz:	„Du meinst, wir möchten uns nichts Maul zerreißen, bloß weil sie anders ist als wir!?"
Hannes:	"Sie hilft dem Seff auf ihre Weise, wie das wohl keine zweite kann. Er ist ihr Knecht - sie seine Magd; ich kann nur Schönes daran finden!"
Ignaz:	„Klug ist sie ja ... „
Alois:	„ ... und wunderschön! Auch ist sie stets freundlich und will nichts Besonderes sein - doch muß ich mich stets vor ihr bücken!"

Rixter, der Wirt, trat hinzu.

Rixter:	„Sie kann auch recht unzufrieden werden", belehrte er die drei, „und ihr wißt sicher von dem Krach, den sie dem Rudolf machte!?"

Die Zecher aber logen, „nein!" sagten sie und wollten nochmals davon hören.

Rixter:	„Rudel hatte ihr übern Zaun gesagt, 'unser Kräuterweib ist eine Hexe. Seit sie bei mir im Hause war, geben die Ziegen keine Milch und meine Kinder haben Läuse!'"
Hannes:	„Mit dem ist's schlimm, der sieht am hellen Tag Gespenster!"
Rixter:	„Erst meinte sie, er wolle nur ein wenig Kurzweil treiben und sagte wie im Scherz leichthin: 'die gibt es aber längst nicht mehr, schon seit Kaiser Josef selig!'"[6]

---

[6] Kaiser Josef II, 1765-1780 Mitregent Maria Theresias, 1780-1790 Alleinherrscher. Genoß in den Sudetenländern als Bauernbefreier und Volkskaiser (auch Vertreter der Aufklärung) große Verehrung, die bis zum Zeitpunkt der Vertreibung lebendig blieb.

Hannes:	„Und ließ er sich bekehren?"
Rixter:	„Nein, auch nicht durch die verehrte Majestät. 'Mir hat sie doch auch das Kreuz verhext', klagte er, 'und seither muß ich lahmen!' Sie hat ihm darauf zugesetzt, als wär' ihre Zunge am Wetzstein geschliffen: 'Da kommt ein starker Mann daher', warf sie ihm vor, 'und ist doch krank durch Aberglauben. Statt einem schwachen Weiblein beizustehen, reicht sein Verstand nur zum Verleumden. Das nenne ich mir Schande!'"
Ignaz:	„Das ließ der über sich ergehen - er ist doch sonst ein Grobian?"
Rixter:	„Ach, sie war trotz allem recht höflich zu ihm und hat ihn mit 'Herr' angesprochen; er kam sich sogar geschmeichelt vor. Abends freilich hatte ich Schererei, da begann er sich zu betrinken. Schon auf der Straße verlangte er immer noch Bier und hat doch in seinem umnebelten Sinn, den Hund für mich gehalten. 'Nur ein Bier noch', bettelte er den Maxen an, 'dann will ich auch gehen!'"
Ignaz:	„Seine Hedwig hat's recht schwer mit ihm!"
Rixter:	„Die kam gleich frühmorgens fuchtig zu mir und verlangte nach ihrem Manne. Zum Glück war Bauer Just schon da und hörte ihr Gekeife. 'Grüß Gott', entbot er fröhlich seinen Gruß, 'Rudel ist bei mir im Ochsenstall und schnarcht in der Futterkrippe.'"

Der Gesuchte wurde nun hart und ohne Liebe geweckt: Erschreckt sah er vor sich ein unförmig breites Gesicht mit Hörnern und Schaum vor dem Maule. Dazu am Boden, unterm Krippenrand, behaarte Beine mit Hufen. Kein Zweifel, das mußte die Hölle sein, wie er sie von Bildern her kannte; auch fing bereits die Marter an, an Kopf, Rükken und Magen.

Endlich begriff er seine wirkliche Lage und listig begann er der Hedwig zu beichten: „Ich war friedlich beim Nachhausegehen, um noch etwas zu schlafen vor der Heiligen Messe. Gerade dachte ich ganz lieb an dich, als ich beim Haus vom Kräuterweib ein feines Rauschen hörte. Schnell suchte ich nach dem fremden Ton und sah mit großen Ängsten, wie sich zwischen Funken und Rauch ein nackter Leib wand aus der Esse. Gleich dreifach schlug ich das Kreuz über mich, die Versuchung von mir wegzubannen, und bin sogleich in vollem Lauf hierher in mein Versteck geflüchtet!"

Dieses Gefasel aber machte die Hedwig ganz wild und sie konnte vor Zorn sich nicht fassen. Wild schrie sie ihren Ehegesponsen an, er hätte nur Bier und Karten im Sinn und neuerdings fremder Leut's Weiber. Nur Schande brächte er über sich und das Gespött der Leute. So könne es nicht weitergehen, sie würde mit Hochwürden sprechen!

Bald erfuhr auch Herr Pfarrer von dem Spektakel, denn nichts entging ihm im Orte. Er wußte vom Aberglauben, doch als er beim Hochamt lüsterne Blicke sah, geriet er in gerechte christliche Rage. Seine tiefe Stimme durchdröhnte das Kirchenschiff, als sei es der Vorhof zum Jüngsten Gericht und schon käme letztes Strafen: „Soll ich euch gar von Teufels Liebschaft erzählen", schrie er die verdorbene Herde an, „die Sünde ist Blendwerk des Bösen, sie umschlingt die Seelen mit teuflischem Garn und zieht sie hinab ins Verderben!"

Bauer Just aber erzählte im Dorfe mit Lachen, daß Rudolf in die Hölle floh, doch sein Weib ihn zurück sich holte.

xxx

Franziska quälte das Heimweh nach dem Ort, an dem sie aufgewachsen war und sich ihr Leben jäh gewendet hatte. Also machten wir uns auf die Reise, ihrem Sehnen nachzugeben:

Das einstmals stolze Schloß begann schon zu zerfallen - die morschen Mauern ragten nur noch kraftlos in den klaren Himmel, bereits von erstem Strauchwerk überwuchert. Die weißen Götter waren längst vom hohen Sims gefallen und lagen nun zerschlagen im Gebüsch und auf dem ungepflegten Rasen. Von seiner Kuppel aber war so ganz und gar nichts mehr geblieben, wie auch von all dem alten Glanze. Überall war Wildnis eingezogen, um mit verschwenderischer Fülle rasch ihre Herrschaft auszubreiten. Nur die alten Bäume standen noch, mit Ästen tief zur Erde, als würden sie Trauer tragen.

Rings um die Gruft wuchs üppig der Holunder und hüllte sie mit seinem Dufte ein. Unendlich viele kleine weiße Blüten strichen uns sanft Gesicht und Hände und neigten sich auch nieder zu den Steinen, die alten Namen zu liebkosen. Nichts Trennendes schien mehr zu sein. Franziska aber litt, der alte Schmerz kam wieder über sie und aufs neue wurde ihr bewußt, was sie doch nie so ganz vergessen konnte: Das Band zu ihren Eltern war zerrissen, auch wenn sie selber daran halten wollte. Die Lebenden hatten sich abgewendet, und so blieben nur die Toten. Ich fühlte ihre Not, auch wenn sie nicht nach Trost verlangte; sie trat mir dadurch nur noch näher. „Nie darfst du sie enttäuschen", nahm ich mir vor, „sie hat so vieles für dich aufgegeben!"

Von ihrem Lieblingsplatze her drang Lachen und fröhliches Geschrei, als wäre ein Fest im Gange. So war es auch; die Kinder aus dem Dorfe tobten sich hier aus und planschten in dem flachen Wasser, wie wir das einmal selber taten. Wir störten nicht ihr Spiel, doch nahmen wir zum Abschied ein wenig ihres Frohsinns in uns auf, ihn als ein gutes Zeichen mit uns wegzutragen. „Laß uns nach Hause fahren", bat Franziska, schon wieder heiterer gestimmt. „Die Kinder werden auf uns warten, ich freue mich auf sie."

Mir ging die Reise nicht mehr aus dem Sinn. Immer wieder blickte ich im Geist zurück, wie um ein letztes Lebewohl zu sagen: Ich sah kein Schloß mehr und nichts von seiner hohen Kuppel, nur öder Wald lag noch vor mir.

Das Schicksal von Franziskas Eltern hatte mich doch sehr getroffen, auch wenn ich zu ihnen ohne Bindung war. Ein unbestimmtes böses Ahnen ließ mich nicht mehr los, es würde sich an meinem Hause wiederholen. Die Zukunft schien mir plötzlich ungewiß und schuf heimliche Sorge.

Von alledem erzählte ich dem Vater und der Mutter. Sie wollten mir wohl meinen Kummer nehmen, denn Vater sagte munter-vorwurfsvoll: „Hast du sie denn nicht selber weggetragen (er meinte des Schlosses Krone und spielte auf Franziska an); und schmückt sie nicht aufs schönste jetzt dein Haus?" Ich aber dachte still bei mir, „wie lieb doch deine Eltern sind!"

xxx

Es war Abend. Ganz allmählich senkte sich die Dämmerung über das Land und hieß es stille werden.

Wir saßen unterm Lindenbaum, aneinandergelehnt, und hielten uns an den Händen. Ein letztes Mal rief der Kukkuck vom Walde her, doch zählten wir nicht mehr die Jahre.

Leise hörte ich neben mir sagen „mein Vater wird mir verzeihen und stolz auf mich sein; drüben gelten wohl andere Werte ... " - und zärtlich nach einer Weile „es war schön auf der Welt - mit dir ... " Ich wollte etwas von seltsamen Gedanken erwidern, doch war sie bereits über die Schwelle getreten und mir vorausgegangen, wie so oft im Leben,

meine Franziska.

Wieder war es leis geworden und wir schwiegen, wie zu der Franziska Angedenken.

Der Hausherr endlich unterbrach die Stille: „Wir wollen jetzt vom Krieg und seiner Not berichten", schlug er vor, „wie das in unserer Chronik steht. Und das alles hat nur aufgeschrieben, wer selbst Soldat gewesen ist."

Durch Dämmergrau in der Liebe Land;
Ich gehe nicht schnell, ich eile nicht;
Mich zieht ein weiches, samtenes Band
Durch Dämmergrau in der Liebe Land,
In ein blaues mildes Licht.

Otto Julius Bierbaum

3. Kapitel

Unruhige Heimkehr

Der strenge Winter hatte über alles Maß gedauert. Schon im zeitigen Herbst war er eingefallen, hatte Weg und Steg verweht und kaum ein Dach freigelassen. Im März noch lag er eisig über dem Tal und wollte nicht weichen. Zu Ostern erst erlosch seine Kraft, die Luft wurde wieder würzig und mild und frisches Grün belohnte langes Hoffen. Der Frühling war zurückgekehrt, alle Verzagtheit nahm er fort, just zur Auferstehung des Herrn.

In die verhaltene Fröhlichkeit mischten sich ernste Gerüchte, anfangs leise, wie verstohlenes Tuscheln, aufdringlich bald, kaum abzuweisen: Krieg mit den Preußen sollte es geben - aber sind wir uns denn nicht zugetan und gemeinsam gegen die Dänen gezogen?

Im Mai setzten starke Fröste ein mit großen Schäden für die Felder; in der Pfarrkirche zum Hl. Johannes dem Täufer wurde um Frieden gebetet und der Segen für Österreichs Waffen erfleht - wieder war Winter. Nun glaubten die Leute auch manch' wunderliches Zeichen zu verstehen, das ihrem Gleichmut bisher entgangen war; jetzt erst ließ die Gefahr sie kommendes Unheil erahnen. Was wohl sonst sollte das ständige Klopfen in den Wänden bedeuten;

stand der Komet nicht noch immer am Himmel, einen weiten blutigen Schweif hinter sich; weshalb hatte Sylvester die Turmuhr so seltsam leise geschlagen?

Im Wirtshaus von Rixter aber ging es jetzt lärmend zu, kaum fand sich noch jemand zum Kartenspiel, zu vieles gab es zu bereden. Die Heißsporne rissen das Wort an sich: „Die 'Fritzen' werden zum Frühstück gefressen", rief einer wild, und während der nächste schon schrie „wie der Lindwurm[7] fallen wir über die her", kam der dritte bereits mit einem Preußenohr heim, direkt in Berlin abgenommen. Einige Graubärte mahnten Besonnenheit an; ihnen mißfiel der laute Übermut. „Die Preußen sind tapfer", gaben sie zu bedenken, „und gehen aufs Ganze. Bei Soor[8] haben sie schon einmal gesiegt, und wir fühlten uns damals auch stärker. Gäb's Gott, wir müßten nicht gegen sie kämpfen!" Die Jungen aber meinten verwegen: „Das machen wir schon, wir werden ihnen die Schnittchen schon schmieren!"

Die Alten aber waren erfahren und ahnten nichts Gutes; und wahrlich bestand genug Grund für Bedenken: Zum nahen Schlesien gab es keine Verbindung mehr, auch wenn sie früher als sehr freundschaftlich galt. Hüben wie drüben stand Militär und voll Argwohn blickte es über die Grenze. Die Fabriken liefen kaum mit halber Kraft, die Garn- und Leinenmärkte blieben leer und auch die Dörfler fanden für Hausgewebtes keine Käufer. Bereits jetzt lagen Handel und Wandel im Argen und für Hunderte Menschen begann schon das Darben.[9]

---

[7] Sagenhaftes Ungeheuer aus der Zeit der Gründung Trautenaus; Wappentier der Stadt.

[8] Nahegelegenes Dorf; Sieg Friedrichs des Großen während des 2. Schlesischen Krieges am 30.09.1745 gegen zahlenmäßig weit überlegene österreichische Truppen.

[9] Gemeint ist Trautenau (damals Stadt mit ca.5000 überwiegend deutschen Einwohnern), hart an Preußisch-Schlesien gelegen; neben Reichenberg bedeutendste Fa-

Ende Juni brach der Feind ins Land. Von allen Seiten marschierte er ein und fast ohne Schuß überschritt er die Grenze.[10] Seine festen Kolonnen machten uns Pein und schon seufzte manch einer erschrocken „hier wird es viel Tapferkeit brauchen!"

Im Dorf herrschte Verwirrung; wilde Gerüchte gingen um: Die Feinde seien gewalttätig, hieß es, sie hätten geraubt und geplündert und schon in Sachsen auf das Schlimmste gehaust; sogar Soldaten würden sie pressen. Helle Aufregung erfaßte die Leute, viele versteckten Hab und Gut, vergruben oder mauerten es gar ein. Die jungen Männer aber hielten sich sonder in Gefahr. Ein jeder warf rasch einen Laib Brot in den Sack, riß sich Fleisch aus dem Rauch - vergaß den Tabak nicht, um dann rasch in die Berge zu laufen. Wie ihre Vorfahren schon suchten sie Schutz im Ziegengestein[11], sich in seinen Höhlen zu verbergen.

Anfangs machte das Versteckspiel Freude, es brachte Abwechslung, man kam sich unternehmend vor und wohl auch ein wenig heldenhaft. Die Stimmung war gut, zu tun gab es nicht viel und bis spät in die Nacht saßen die Grüppchen zusammen, von Streichen und schönen Sünden lustig zu berichten. Auch die Nachrichten gaben Mut, Gablenz[12] hatte gewonnen, Trautenau war wieder frei und

---

brikstadt Böhmens und Zentrum der Flachsindustrie Österreichs.
[10] In unmittelbarer Umgebung überschritten am 27.6.1866 drei preußische Korps die österreichische Grenze, und zwar: I. Korps Richtung Trautenau, Garde Korps Richtung Braunau und Eipel, V. Korps Richtung Nachod.
[11] Ein gegen das Aupatal steil abfallender bewaldeter Felswall.
[12] Feldmarschalleutnant von Gablenz, Kommandierender des in den Kämpfen vom 27.06. bei Trautenau siegreichen X. Korps der k.k.österreichischen Armee.

die Preußen zurück über die Grenze getrieben; natürlich würde Österreich siegen![13]

Die fröhlichen Stimmen aber wurden bald leiser und auch patriotische Lieder gab es kaum mehr. Wieder hatten die Feinde bei Soor gesiegt, Nachod und Skalitz waren gefallen und aufs neue Trautenau[14]; nichts schien sie aufzuhalten. Erste Niedergeschlagenheit machte sich breit, von schrecklichen Opfern war die Rede und öfters auch von Schlamperei. Warum das Heer nicht die Zündnadel[15] hätte, fragten erbost schon einige Männer, und setzten mit leichtem Hohne hinzu: „wo im Staate doch sonst alles so vorzüglich wäre."

Längst aber war nicht alle Hoffnung verloren. Oft noch wurde von Erfolgen berichtet und unsicher hielt man sich daran fest, denn niemand wollte unter preußische Fuchtel. Auch stand die Entscheidung wohl erst bevor, und Benedek[16] würde die Sache schon richten.

Das Unfaßbare aber geschah, des Kaisers Fahnen wurden geschlagen! - Den Männern war kläglich zumute, bedrückt und enttäuscht kehrten sie heim. Sehr viel Arbeit war liegengeblieben, und das mitten in der Sommerzeit. Verdient hatten sie nichts, und jetzt, wo alles viel teurer war, fehlte es beinahe an allem. Fast jedes Gewerbe lag darnieder, und um die Aussicht stand es schlecht, rasch in Lohn und Brot

---

[13] Noch am Vorabend der Schlacht von Königgrätz galt Österreich als die stärkste Macht Mitteleuropas.

[14] Bei den Kämpfen vom 27. und 28.6.von Trautenau und Neu-Rognitz (nahe Trautenau) erlitten die k.k. österreichischen Truppen mit 8606 Mann an Toten, Verwundeten, Vermißten und Gefangenen (k.preußische Armee 2051) unverhältnismäßig hohe Verluste.

[15] Zündnadel = Zündnadelgewehr der preußischen Armee: Hinterlader mit gezogenem Lauf für patronierte Munition; besaß im Vergleich zum österreichischen Vorderlader eine 4-fach höhere Feuergeschwindigkeit.

[16] Feldzeugmeister Ludwig August von Benedek (1804-1881), Befehlshaber der k.k.österreichischen Nordarmee; beliebter, in hohem Ansehen stehender Heerführer.

zu kommen. Die Feinde aber hatten das Dorf kaum berührt und keinem Bewohner etwas genommen. Einige Husaren nur waren hindurchgeritten; bei Rixter hatten sie Rast eingelegt und wie brave Bürger die Zeche beglichen.

Wie ein Alp lag die Niederlage über dem Dorf, auch zu Kaisers Geburtstag, dem 18. August: Kein Böllerschuß war zu hören, wie in den Jahren zuvor, nichts von Musik und fröhlichem Treiben. Ein Festgottesdienst nur hatte stattgefunden, doch fehlte auch ihm die rechte Innerlichkeit. Zu sehr hatte der fremde Sieg die Leute betroffen und nachdenklich gemacht, vielleicht auch ein bißchen beschämt.

Am Nachmittag erst sammelte der Lehrer ein Dutzend Schüler um sich, alle in ihrem Sonntagsstaat. Mit brennenden Kerzen in der Hand sangen sie mit gläubigem Vertrauen die altbekannte Hymne: „Gott erhalte, Gott beschütze, Unsern Kaiser, unser Land! Mächtig durch des Glaubens Stütze, Führ er uns mit weiser Hand! ...“[17]

Die Zuhörer waren gerührt, und vergaßen für Minuten ihre Sorgen. Sie wischten sich die Augen und riefen nach jeder Strophe, erst zögernd, dann hingebungsvoll „Vivat hoch, der Kaiser Franz!“ und „Vivat hoch, die Kaiserin und die kaiserlichen Kinder!“ Auch unsere tschechischen Nachbarn waren voll Anteilnahme - freilich wäre ihnen ein böhmischer König lieber gewesen.

xxx

Während dieser bewegten Zeit stand ich bereits in Kaisers Heer, und war einberufen worden, als an neuen Krieg noch niemand dachte. Vorher freilich ging es mir bedeutend besser, ich hatte Katharina, die mein ein und alles war.

---

[17] Kaiserhymne von Joseph Haydn, 1797, „Gott erhalte Franz den Kaiser“.

Auch war sie mir recht zugeneigt, und sorglos glaubte ich daher, das bliebe so in Ewigkeit.

Da aber drang ein ferner Verwandter Katharinas in meine Heiterkeit, ein Beamter aus der nahen Stadt, vom Militär längst freigekauft, noch jung, dazu aus gutem Hause. Immer dreister umschlich er meine Liebe, verstand ihr klug den Hof zu machen und sparte an Geschenken nicht. Sie wieder schien Gefallen an dem Kerl zu finden, lachte mit ihm ausgelassen und ließ mich den Verstand erwürgen. Gern ging ich deshalb zur Armee, nur um dem Paar nicht zu begegnen.

xxx

Der Kampf war heiß gewesen und sehr bitter für mich ausgegangen - ich war verwundet, hier, nahe Sadowa[18]. Die Krankenträger fanden mich nicht, mir aber fehlte es an Kraft, mich selber wegzuschleppen. Fauliger Blutgeruch lag in der Luft, neben mir ein Toter, seine zerrissenen Eingeweide quollen aus dem gemarterten Leib und stumpfe Augen blickten starr nach mir. Mich aber schreckte schon kein Elend mehr, zu sehr war ich erschöpft, kaum meinte ich zu leben. Eine tiefe Bangigkeit kam über mich und angstvoll rief ich nach Vaclav, meinem Freund, der unweit mir im Graben lag. Ich blieb ohne Antwort, er war wohl auch schon mit Gevatter Hein gegangen, der suchend übers Schlachtfeld strich.

Mehr zufällig sah ich einen Mann auf mich zukommen (etwa aus dem nahen Dorf, das lodernd brannte), eisgrau das Gesicht und irr der Blick. Ich faßte wieder Mut, schrie und machte Zeichen, er aber sah und hörte nichts und suchte ziellos nur zu fliehen.

---

[18] Ort nahe Königgrätz (Hradec Králové), einem der Schwerpunkte des Kriegsgeschehens.

Ich war nun gänzlich hoffnungslos und wahrhaft zu Tod enttäuscht. „Viermal so alt ist er", wehmütig ging mir's durch den Sinn, „doch muß ich vor ihm gehen!" Eine tiefe Mattigkeit kam über mich; eine dunkle Gestalt noch beugte sich nieder zu mir; ein Priester vielleicht - oder schon der Todesengel?:

Wieder geht mein Bataillon zum Angriff vor, quer durch ein Kornfeld - wie nur kann man Getreide niedertreten. In dichten Reihen stürmen wir gegen den Feind, hinein in die tödlichen Salven der Preußen; mit dem Bajonett allein wollen wir siegen. Ein Schuß reißt mich nieder, noch im Fallen sehe ich die Halme schwanken.

Wie still und friedlich es plötzlich ist. Nur die Musik höre ich noch, auch sie nur sehr leise und gar nicht mehr kriegerisch. Viele bleiche Soldaten umgeben mich: „Zieh mit uns, Kamerad", verlangen sie, und mich umklammern zerschossene Arme. Auch Katharina ist da, sie zerrt an mir und will mich meinen Brüdern entreißen. „Komm mit, ich bitt' dich", ruft sie mit ängstlicher Stimme, „es ist naß hier und kalt, du holst dir den Tod!"[19]

Mein Phantasiebild wechselt: Katharina sitzt auf der Schaukel und ich lasse sie schwingen, erst sachte, dann höher und höher, bis an die Zweige des Kirschbaums hinan, schon vermischt sich ihr Kleid mit den Blüten. Nicht so wild doch, ruft sie, und in ihr Jauchzen mischen sich ängstliche Töne. Sie fällt, vergeblich such' ich sie zu fassen und stürze mit ihr ins Ungewisse.

Schmerzhafte Stöße rütteln mich wach, wie von zerfahrener Straße. Ich sehe verletzte Soldaten und suche mich mühsam aufzurichten. „Bleib liegen" - schreit erregt eine

---

[19] Am Tage der Schlacht (3. Juli) herrschte kühles feuchtes Wetter und nachts war es bitterkalt. Noch am folgenden Tag lagen Verwundete auf freiem Feld.

Stimme und ich sinke zurück, denn wieder schwinden die Sinne.

Eine Dame tritt an meine Lagerstatt, sie bleibt und ist stets für mich da, so oft ich nur die Lider hebe. Allmählich wird sie mir vertraut, bald weiß ich auch, sie ist sehr schön und noch im Schlaf umgibt mich ihre sanfte Stimme.

Ihr Mann ist stattlich, wohl auch reich und lächelt vollendet. Seine Augen aber sind kalt, von hartem Glanz und ich fühle, er versteht sich aufs Rechnen. Welch ungleiches Paar, durchzuckt es mich, was nur hat sie in seine Arme getrieben!

Mehr und mehr will mir scheinen, die Fremde seit langem zu kennen. Mein Schlaf ist zerrissen und ständig verfolgt mich ein nebliges Bild. Es kehrt immer wieder und schließlich wird mir Gewißheit - mich pflegt Katharina! Wieder habe ich Schmerzen, doch brennen nun nicht nur die Wunden. Ich wähne mich schuldig; aus Scham und Schande krümme ich mich - wie nur konnte ich sie verraten!

xxx

Schon auf dem Wege zur Genesung erhielt ich vom Vater einen Brief, und las darin mit Ungeduld: „ ... Tagelang hörten wir die Kanonaden aus der Richtung von Nachod und Trautenau. Wir wußten, dort kämpfen Landeskinder[20] und meinten so, du wärest auch dabei. Alle bangten wir um dich, Mutter aber zitterte und weinte und ist aus Sorge krank geworden - du wirst sehr lieb sein zu ihr müssen!

Ist nun des abends die Arbeit getan, läuft sie zur Kirche nach Markausch hin, für dich zu beten. 'Maria, hilf', fleht

---

[20] Infanterie-Regiment Franz Joseph Nr. 1, ca. 3500 Mann; Infanterie-Regiment Erzherzog Karl Nr.3,ca. 3500 Mann; 28. Jäger-Bataillon (ca. 1000 Mann).

sie die Gottesmutter an, 'laß meinen Jungen wiederkehren!' Wie sie nun einmal wieder in tiefer Andacht ganz versunken war, soll eine Fremde sich in ihre Bank geschoben haben; jung sei sie gewesen, auch sehr lieb und schon voll mütterlicher Güte. 'Sei nur ruhig, Anne', sprach sie einfühlsam, 'dein Sohn ist bald zurück, nur wird er dir nicht mehr gehören!'

Ich war gerührt, noch krank und schwach übermannten mich sehr rasch die Tränen; und konnte nach Minuten erst zutiefst bewegt die nächsten Zeilen lesen:

„Katharina ist ein gutes braves Kind mit einem Herzen voller Liebe, geradezu im Überfluß. Kaum war der Kriegslärm abgeflaut, ging sie auch schon nach Trautenau, zu helfen den Verwundeten und Kranken, die es vielhundertfach dort gibt. Seit kurzem erst ist sie zurück, und wenn sie auch kaum an Mutters Wunder glaubt, so ist sie doch oft am Kamenetz, Ausschau nach dir zu halten. Ich denke, sie ist auch heute dort, lasse sie nicht warten!"

Nun wurden mir die Tage zehnfach lang. Endlich, im September, die Preußen zogen sich bereits zurück, wurde ich entlassen. Bis Bausnitz fuhr ich mit der Bahn, ab hier doch hieß es laufen. Ich hatte es eilig und stürmte los, und nur ein Berg lag noch vor mir. Gebannt blickte ich zur Kuppe hin, wie ein zu Unrast verdammter Geist, der seiner Erlösung nahe ist. Hier fand ich meine Katharina, und eine Allee nahm uns auf mit schon reifenden Früchten und an ihrem Ende ein Haus, das auch das ihre werden sollte. Bald heirateten wir.

Manchmal besuche ich das nahe Schlachtfeld; Katharina begleitet mich. Unzählige ruhen hier, Preußen und Österreicher. Vielfach kommen auch Gäste hierher, oft aus der Ferne; und sind sie einander auch fremd, so verbindet doch alle die Trauer.

Ein Gitter aus Lanzen umgibt ein weites Quadrat, Ehrfurcht gebietend. In der Mitten ein Grabmal - ein mächtiger Löwe[21] darübergestreckt, seine Kraft nicht zeigend und selber ruhend an heiligem Ort. Katharina reißt mich aus dem Sinnen; sie weist auf das majestätische Wesen hin und flüstert mir zu, als habe sie meine Gedanken erraten: „Sollte es nicht auch die Lebenden schützen?"

xxx

Die Ernte war eingebracht, als unerwarteter Besuch eintraf. Eine Fremde stand samt Begleitung vor der Tür und weil es eine Siebenberg war, öffneten sich alle Türen. Wieder saß eine Dame unter der Bilderwand, reizend, lieb und nett, ihrer frühen Verwandten ähnlich. Scheu blickte sie zu Franziska auf, die freundlich-prüfend niederschaute.

Ihre Familie hatte sich nicht mehr erholt und nun aufs neue unterm Krieg gelitten. Noch immer lebte sie in der Vergangenheit, sah in ihr ein fernes Paradies und sehnte sich danach zurück. Alles Angenehme fand sie in längst verwehter Zeit und in der neuen nichts als Widerwärtigkeiten. Marianne freilich, so hieß die Baronesse, bedrückte dieses Leiden nicht; wie ein schöner bunter Schmetterling traf sie fröhlich jeden neuen Tag. Sie ließ den Zufall lustig mit sich spielen, doch fand sie kein rechtes Ziel dabei.

Vater und Mutter wußten vieles von Franziska zu berichten: wie sie ihr Zuhause fand, sich nicht vom Schicksal treiben ließ und klug verstand zu handeln. Auch zum Grabmal führten sie den Gast. Der Ahn hatte es mit eigner Hand geschaffen und noch immer blühten die gleichen Blumen dort, wie einst an ihrem Lieblingsplatz im Parke. Wir Jungen aber zeigten Haus und Hof und sprachen über

---

[21] Kopie des 'Ruhenden Löwen' Rauchs vom Scharnhorstdenkmal auf dem Invalidenfriedhof in Berlin.

Pläne, so gänzlich ohne Müdigkeit und kaum einem Wort der Klage.

Beim Abschied war die Baronesse recht nachdenklich gestimmt. Sie hatte wohl über vieles nachzugrübeln: das „Bauernweib" bestimmt (das in so hohen Ehren stand), sich selbst vielleicht und sicher auch den Lebensmut der „schrecklichen Verwandtschaft".

XXX

Bei Rixter ging es wieder lebhaft zu, vieles gab es zu bereden, auch wenn die Stimmung nicht gerade fröhlich war: Einige Männer fehlten (und würden nie wiederkehren); der Krieg war verloren und vor kurzem noch stand der Feind vor Wien - seit den Türken war das nicht mehr vorgekommen![22] Nun wurden Sünder gebraucht: Benedek habe versagt, hieß es, die Italiener[23] hätten nur matt gekämpft und die Magyaren[24] nicht die Linie gehalten. Auch die Tschechen wurden beschuldigt; zu Unrecht, denn liebten sie auch Habsburg nicht, so mochten sie doch noch weniger die Preußen.[25] Die wahren Schuldigen aber wurden nicht genannt und wenn sich das schon jemand wagte, dann nur sanft und leise:

---

[22] 1529 und 1683 erfolglose Belagerung durch das Osmanische Reich.

[23] Die italienischen Soldaten in der k.k.Armee befanden sich in besonders tragischer Lage dadurch, daß Italien als Bundesgenosse Preußens zeitgleich um die Provinz Venetien kämpfte.

[24] Die seit der bürgerlich-demokratischen Revolution von 1848/49 und deren brutaler Niederschlagung durch österreichische und zaristische Truppen bestehende Unzufriedenheit bildete eine der Ursachen für den österreichisch-ungarischen Ausgleich von 1867.

[25] Gegenüber einer Deputation der noch von Preußen besetzten Stadt Prag erklärte der Kaiser am 30. Juli: „Die Verdächtigung der treuen Bevölkerung Böhmens habe ich nie beachtet, im Gegenteile bewundere ich die würdige, loyale, sich selbst verleugnende Haltung der Stadt Prag und des gesamten Landes" (zitiert nach Heinrich Friedjung, Der Kampf um die Vorherrschaft in Deutschland, 2.Band, Stuttgart 1899, S. 379).

„Die Hilfe Gottes, muß ich vermuten,
Liegt für uns heut ein wenig im weiten;
denn nach diesem Leben hilft er den Guten,
In diesem Leben aber - den Gescheiten."[26]

Das Schlimmste aber war wohl, daß alle Hoffnungen auf zeitgemäße Veränderungen ganz rasch wieder erstarben:

„Eines ist gewiß, Geliebte,
Es bleibt auch jetzt beim alten,
Sind Preußen hier jetzt oder nicht,
Das Maul, das muß man halten."[27]

Ein Soldat wurde deutlicher, und er hatte auch ein Flugblatt mitgebracht, in Wien rasch aufgelesen:

„Die Freiwilligen haben kein' Knopf,
Die Generäle haben kein' Kopf,
Die Minister haben kein' Hirn -
So müssen wir alles verliern."

So recht lustig aber konnte niemand von den Gästen lachen: Von Deutschland waren sie getrennt, das böhmische Miteinander war vorbei und die Tschechen griffen heftig an, ohne ernsten Widerstand zu finden. Sie nahmen eine Stellung[28] nach der andern und schon fragten sich die Deutschen bang, „wird man uns nicht erdrücken?"[29]

---

[26] Franz Grillparzer (als Antwort auf die Anordnung des Erzbischofs von Wien, öffentliche Gebete zur Abwendung der Feindesgefahr abzuhalten).

[27] Wiener Witzblatt „Kikeriki" zum Zeitpunkt der Verhängung des Belagerungszustandes über Wien.

[28] In Prag wurde die Technische Hochschule 1869 und die Karls-Universität 1882 geteilt. Die gleiche Entwicklung vollzog sich auf allen Gebieten - in der Wirtschaft etwa durch die Bildung nationaler Großbanken.

[29] „Der Deutsche in Böhmen will sein Heimatrecht in Österreich nicht austauschen gegen Heimatrechte zweiter Kategorie, gegen das Heimatrecht in der Krone Böhmens" (Verein für Geschichte der Deutschen in Böhmen 1871; siehe auch J. Turnwald, S.9/10 - zur damaligen Zeit wurde die Bevölkerung Böhmens auf etwa 4 Millionen Tschechen und 3 Millionen Deutsche geschätzt).

Da bäumt sich's plötzlich auf wie böse Fieber,
ein schaurig Wehen geht durchs ganze Land,
in Wellen steigt's und stürzt sich brandend nieder,
gelöst ist des Gewohnten altes Band.

Franz Grillparzer, aus „Vorzeichen"

4. Kapitel

In unserem Lager stand Österreich

Um das Land stand es schlecht, wir Soldaten am Isonco
spürten das am eigenen Leibe. Es gab nicht genug Brot,
kaum einen Bissen Fleisch und von Dörrgemüse wurden
wir nicht satt; unsere Kleidung war abgerissen und viele
besaßen keinen Mantel. Dabei aber lagen wir im Hochge-
birge, längst war Herbst und das Wetter kalt und feucht;
Krankheiten breiteten sich aus, die Ruhr griff um sich und
mehr noch eine Grippewelle ließ ganze Regimenter nahezu
ausfallen.

Die Italiener wußten um unsere elende Lage und verstanden sie wohl zu nutzen. Sie spießten große weiße Brote
auf Bajonette, frisch und knusprig gebacken und betören-
der Duft zog in unsere Gräben. „Kommt zu uns!", lockten
die Grammophone, „wir haben zu essen; schont eure Knochen!"

Aus der Heimat kamen schlechte Nachrichten; Soldaten
brachten sie mit und versteckt standen sie in den zensier-
ten Briefen. Es gäbe Unruhen, meldeten sie, vielerorts
würde gestreikt, sogar in der Rüstungsindustrie. In den
Städten aber herrsche große Not, Frauen und Kinder wären
am Verhungern und Seuchen überfielen die geschwächten

Menschen. Niemand wisse, wie man über den Winter kommen solle.

Der Feind dagegen wurde immer stärker; Not kannte er nicht. Pausenlos feuerte seine Artillerie und ließ uns nicht zur Ruhe kommen. Auch Flugzeuge griffen uns jetzt an; geschwaderweise stürzten sie über uns herein, ohne noch ernste Gegenwehr zu finden. Wir dagegen waren zermürbt und ausgeblutet, körperlich wie moralisch verbraucht; wir konnten und wollten nicht mehr kämpfen. Schon zerfiel die Front - Prag und Budapest riefen ihre Truppen zurück, andere meuterten. Alle aber verlangte es ungestüm nach Hause, und das ganz ohne Unterschied der Nationalität.[30]

Manche unserer Einheiten kehrten noch geschlossen heim. Mit Musik und unter zerschossenen Fahnen marschierten sie auf und noch einmal strafften sich Soldaten und Offiziere. Man begrüßte sie herzlich und hatte doch sogleich Wünsche an sie: „Bleibt", sagten ihnen die tschechischen Redner, „ihr sollt unsere junge Freiheit beschützen, teuer mußten wir sie erkaufen"; die deutschen hingegen baten inständig, „helft, bewahrt uns vor tschechischer Herrschaft!" Die müden Männer aber wollten von Kampf nichts mehr hören, sie sagten einander ein rasches 'Adieu' und eilten zu den Ihren, auch die der ruhmreichsten Regimenter. Ich hielt es wie meine Kameraden.

xxx

Meine liebe Liesa war sehr schmal geworden; sie hatte ihre mädchenhafte Heiterkeit verloren, ihre Hände waren

---

[30] Der tschechoslowakische Nationalrat war zu diesem Zeitpunkt bereits als eine gegen Österreich-Ungarn kriegführende De-facto-Regierung anerkannt, und zwar am 2.9.1918 seitens der Vereinigten Staaten sowie durch Verträge mit England und Frankreich vom 3.9. bzw.29.9.1918; am 2.11.1918 forderte die Regierung Ungarns für ihre Truppen die Niederlage der Waffen und Rückführung in die Heimat.

voller Schwielen und im Gesicht lag nun ein fremder strenger Zug. Wie schlafwandelnd trat sie auf mich zu, als würde sie mein Kommen nicht erfassen. Auch die Kinder konnten nicht so recht verstehen; unsicher blickten sie zur Mama hin und auf den zerlumpten fremden Mann, nur stockend sagten sie 'Papa'. Am meisten verändert fand ich meine Eltern; weiß geworden, krank und lahm - ein Jammer, ihren Verfall zu sehen. Sie hatten Liesa unterstützt, so gut es nur gehen wollte, auch wenn sie selbst schon Hilfe brauchten.

Das alles nahm ich geschärften Sinnes wahr, fast wie man's in der Fremde hält. Für's erste aber war ich überglücklich, wieder in meinem Haus zu sein:

Die Gefahren lagen hinter mir und ihre Schrecken fern an einer fremden Grenze;

ein wohlig-warmes Federbett schützte mich vor Kälte;

ich wurde satt und sogar wählen konnte ich, was nächstens auf dem Tische stehen sollte;

des abends rauchte ich in Ruhe meine Pfeife und Liesa machte mir die Stube freundlich. Auch unser dicker Kater war bei mir, er schnurrte sein schönstes Katzenlied und wärmte sich wie ich den Rücken.

Die Schneebeeren waren reif, fest und prall, wie aufgereiht auf den noch grünen Zweigen. Ich nahm mir von der weissen Pracht und warf mich ausgelassen mit den Kindern, wie einst, als ich noch Liesa damit neckte.

Auch die Kastanien fielen bereits. Sie polterten durch das schon braune Laub und riefen noch im Fluge: „Wir sind so herrlich blankpoliert, laß uns wie früher spielen!" Und ich, der ernste Frontsoldat, konnte so gar nicht widerstehen und mußte mich nach ihnen bücken.

Allmählich nahm mich der Alltag wieder auf; unendlich viel gab es zu tun, beginnend mit der Dämmerung und weit bis in die Nacht hinein. Unmerklich ging die Zeit dahin, es wurde Winter und schon stand die Weihnacht vor der Tür: In gelöster Stimmung, fast mit Andacht, ging ich langsam durch mein Dorf. Ich war daheim - welch großes Glück; ein jedes Wesen teilte sein Sein mit mir, wie Stein und Baum, und was nur immer um mich war. Ich fühlte mich ihnen zugehörig, sie wieder gingen in mir auf:

Still und friedlich lagen die Häuser im Tal ausgebreitet, in glitzernden Schnee eingehüllt. Gemächlich kräuselte aus den Essen der Rauch und gedämpftes Licht drang durch die weißgefrornen Scheiben. Gemütlich mochte es drinnen sein, anheimelnd-warm und weihnachtlich-traut; wie ein Gruß aus längst vergangnen Tagen.

Manches Fenster war ein wenig blank, durch frischen Atem freigeblasen. Dahinter glaubte ich Kinder zu sehen - warteten sie auf den Vater? Traf ich nun aber auf die Nächsten eines Toten, wußte ich nicht so recht was tun. Sollte ich gutgemeinte Worte sagen - oder war es besser wohl, wenn ich die Begegnung mied?

Nach langer Zeit begingen wir das Fest wieder gemeinsam. Alle waren versammelt - Liesa, unsere Kinder, die Eltern, ich; wir hatten Grund zur Dankbarkeit - niemand fehlte. Liesa war die Rührung anzusehen. Wie entrückt saß sie nahe dem geschmückten Baum, umflossen ganz vom weichen Licht der Kerzen. Das Licht glitt schmeichelnd über sie, tanzte verspielt in ihrem vollen braunen Haar und ließ es golden werden. Sie sah verträumt aus, wollte es mir scheinen, und ihre sonst so klaren Augen glänzten feucht.

Neun Gerichte hatte Liesa vorbereitet, wie es alter Brauch verlangte. Und von jedem mußte etwas übrigbleiben, für die Geister, die unter gleichem Dache wohnten. Seit fernen Zeiten lebten sie im Haus, und stets waren sie uns freundliche Begleiter.

Am späten Abend gingen wir gemeinsam in den Stall, den Tieren aufzuwarten. Warm war es hier, von geheimnisvoller Stille; nur manchmal summt träge eine Fliege. Unsere Hausgenossen waren wach und hoben vertraut die Köpfe, als wären wir erwartet worden. „Habt Dank", sprach Liesa, „ihr habt mir sehr geholfen!" Ich aber lauschte, durch die Stimmung eingewiegt, denn hatte Mutter mir nicht einst als Kind gesagt, in hochheiliger Nacht würden die Tiere wie Menschen miteinander sprechen? Keine Stimme aber konnte ich vernehmen, nur an die armen Kreaturen mußte ich nun denken, die mit uns im Felde litten. Und doch - erst hörte ich nur hingehauchtes Flüstern, es wurde laut und lauter, bis mir die Ohren schmerzhaft gellten:

„Für diesmal bleibt der Hausherr wohl zu Hause ..?"

„... es wäre an der Zeit, er fehlte wahrhaft lange schon ..."

„... so hat er sicher manches Schöne mitgebracht ..?"

„... er kam mit leeren Händen ..."

„... und einem wunden Fell zurück ..."

„... sein kleiner Wohlstand ist dahin ..."

„... er lebt von dem, was Liesa und die Alten schufen ..."

„... es besteht nicht mehr, das große Land, wofür er ausgezogen ist ..."

„... das neue aber weiß ihm keinen Dank zu schulden ..."

„... die Zukunft ist ihm ungewiß ..."

„... er wird wohl weiterkämpfen müssen!"

Jemand zupfte an mir - es waren meine Kinder, die noch ein wenig spielen wollten. Die Eltern gähnten schon und meine Liesa meinte, für sie gäbe es noch viel zu tun.

xxx

Nach den Feiertagen wurde es ruhiger. Die Zeit der Geselligkeit begann und während die Wilde Jagd Fenster und Türen umheulte und wütend über die Dächer fuhr, fanden Bekannte und Verwandte zusammen. Wie in alten Tagen umdrängten sie den warmen Kachelofen, über Gott und die Welt zu reden und zu streiten.

Noch lebte der Krieg in Gedanken fort und so wollte man den Sensenmann gesehen haben, körperlos durchschritt er Holz und Stein und lautlos nahm er seine Opfer fort; von Begrabenen wurde berichtet, die scheintot zur Erde kamen und vom Soldaten aus dem Nachbarort, der noch im Sterben an die Mutter dachte: dreimal klopfte er hart an das Bett der bangenden Frau, ihr Dank und Abschied zu sagen.

Immer öfters aber ging es um alltägliche Dinge, denn Alt-Österreich gab es nicht mehr, keinen Kaiser, und Wien war plötzlich Ausland geworden. Das schmerzte und fehlte zur Heimat. Es gab aber auch Hoffnung und von neuen und edlen Gedanken war die Rede, wie man sie vordem niemals wahrgenommen: Nur noch Frieden würde es geben, hieß es, weder Sieger noch Verlierer mehr, besser und menschlicher solle es werden und das Volk dürfe jetzt sogar selber entscheiden.[31] Ja, und eine neue Schweiz wäre im Entstehen, schon hätte die Regierung das zugesichert.[32]

---

[31] Nach dem 14-Punkte-Programm des Präsidenten der USA, Wilson, vom 8.11.1918, legte Punkt 10 das Selbstbestimmungsrecht der Nationen fest.

[32] In der Note des tschechoslowakischen Delegierten Beneš an den Ausschuß für die neuen Staaten heißt es dazu: „ ... Es ist die Absicht der Tschecho-Slowakischen Regierung, den Staat so zu organisieren, daß sie als Grundlage der Rechte der Nationalitäten die Grundsätze annimmt, die in der Verfassung der Schweizer Republik

Das aber könnte nur Frieden und Freiheit bedeuten und niemand würde dem anderen feindselig sein, bloß weil der nicht seinem Volk angehöre.

Die Leute freuten sich, noch schien nicht alles verloren zu sein. Sie glaubten gerne den freundlichen Tönen und meinten, alles würde noch gut und vielleicht könnten sie doch noch bei Österreich bleiben.

Die ersehnte Goldene Zeit aber blieb aus: Bis zum Ende des Jahres besetzten die Tschechen das Land, ohne auf die Entscheidung der Sieger zu warten. Sogleich wurden auch Straßen umbenannt und die ersten Denkmäler gestürzt, meist Josef II, manchmal auch Schiller darunter. Zum nächsten Frühjahr erst regte sich Widerstand, wenn auch nur in Worten. Der aber wurde zusammengeschossen, weil jedes Recht eben nicht für Unterlegene galt.[33]

Das empörte die Bewohner, sie kamen sich schutzlos und verlassen vor und viele erfaßte ohnmächtiger Groll. „Warum mißhandelt und kränkt man uns", fragten sie, „soll das die neue Ordnung bedeuten?" Die Ängstlichen fragten sogar bang: „Will man uns gar zur Gänze vertreiben, da wir doch nur Kolonisten sind?"[34] Die Gesetzten

---

Anwendung gefunden haben, d.h. sie hat die Absicht, aus der Tschecho-Slowakischen Republik eine Art Schweiz zu machen, wobei sie natürlich die besonderen Verhältnisse in Böhmen in Betracht zieht ... Es wird ein äußerst liberales Regime sein, das demjenigen der Schweiz stark gleichen wird."

[33] Bei den am 4.3.1919 (Tag des Zusammentretens der deutsch-österreichischen Nationalversammlung) in den deutschen Siedlungsgebieten der ČSR durchgeführten Kundgebungen für Selbstbestimmung wurden durch Sicherheitskräfte 54 Menschen getötet (Reinhard Pozorny, Wir suchten die Freiheit; Weg einer Volksgruppe, München-Stuttgart 1959, S.73).

[34] Der Staatspräsident, Tomáš G. Masaryk, erklärte am 22.12.1918: „Wir - die Tschechen - haben unseren Staat geschaffen. Dadurch wird die staatsrechtliche Stellung unserer Deutschen bestimmt, die ursprünglich als Kolonisten und Immigranten ins Land kamen."

aber hielten dagegen, das wäre ein Ehrenname und sie sollten stolz darauf sein. „Böhmen gehört uns wie den Tschechen", sagten sie, „auch die sind einmal eingewandert. Wir aber kamen nicht mit dem Schwert, wie das dermalen üblich war, uns rief man, das Land wirtlich zu machen: Der Anfang fiel schwer, die Wildnis war abweisend und rauh, als wollte sie in ihrem Reich so gar keine Menschen leiden; Riesen und Drachen schickte sie gegen uns aus, wie es heißt in uralten Sagen. Neben Freude lag Leid - Kriege, Pest und Hungersnöte wollten uns schier verderben; in Stunden wurde weggerafft, wozu es eines Lebens brauchte. Unsere Ahnen aber krallten sich fest, wie der Erde verwachsen. Den kargen Boden rissen sie auf, fast nur mit bloßen Händen und wurden heimisch durch Axt und Pflug - läßt sich Heimat wohl besser erwerben?"

Die Verzagten aber mußten sich verwundert fragen lassen: „Wie konntet ihr nur fürchten, man könnte uns die Ernte stehlen, für eine Arbeit von fast 1000 Jahren; wie kann man nur solch Ungeheuerliches denken!?"

Die Leute fühlten sich wieder aufgerichtet, und sie brauchten auch viel Mut: Der Friedensvertrag ließ letzte Wünsche grausam sterben; sie durften nicht zurück zu Österreich und schon gar nicht mit diesem zu Deutschland gehen. Man schob sie weg zu einem anderen Land, als wären sie nur Ware; und niemand befragte sie und keines der vielen schönen Worte zählte mehr.[35]

Zu Neujahr 1919 drückte er sich ähnlich aus: „ ... ich anerkenne das Nationalitätsprinzip, ich anerkenne das Recht auf Selbstbestimmung. Aber unter den gegebenen administrativen Verhältnissen hat das Recht seine Grenzen. ... Wir Tschechen und Slowaken sind bis auf geringe, jenseits unserer Grenzen lebende Minderheiten als Volk zusammen. Unsere Deutschen sind kein ganzes, sondern nur ein Kolonisationsvolk."

[35] „Die Sudetendeutschen, mit denen wir vier Jahrhunderte in einer Staatsgemeinschaft lebten, mit denen die Alpenländer in eins verwachsen sind, werden losgerissen

Im Winter 1920 nahmen Tschechen und Slowaken die Verfassung an. Sie bestimmten die Republik zum Nationalstaat, sich selbst als Staatsvolk und legten eine „staatsoffizielle" Sprache fest. Die 3,5 Millionen Deutschen aber blieben ohne Stimme, und ebenso die anderen Nationalitäten.[36] Auch Wahlen hatte es nicht gegeben.

Die Abgeordneten im Prager Parlament konnten zufrieden sein; ihre kühnsten Träume hatten sich erfüllt und so lebten sie noch halb im Siegestaumel. Ein Umsichtiger nur trübte die freudige Stimmung des Hohen Hauses: „Auf unserer Konstitution liegt ein Fluch", schrie er ahnungsvoll in die brodelnde Menge, „sie ist ohne ein Drittel unserer Bewohner zustande gekommen. Wie nur sollen wir sie schützen und mit Leben erfüllen?"

Als die Vertreter der „Minderheiten" endlich auch in die Nationalversammlung einziehen durften, war die Staatseinrichtung abgeschlossen und nichts konnte mehr geändert werden. Sie hatten sich einzuordnen, denn alles war fertig: die Agrarreform ebenso wie das Sprachenrecht, der Verwaltungsaufbau nicht anders als das Gesetz über die Staatsangehörigkeit. Auch der Präsident war bereits gewählt, das Verfassungsgericht hatte sich gebildet und sogar Notstandsgesetze gab es schon und vieles andere mehr;

---

und einer fremden Staatlichkeit unterstellt. Es gibt keinen, der diese Lösung nicht als nackte Vergewaltigung empfinden würde, und der Schmerz darüber wird nie still, die Klage über dieses Unrecht nie stumm werden" (Staatskanzler Karl Renner in der Österreichischen Nationalversammlung aus Anlaß der endgültigen Loslösung der Sudetenländer am 6.9.1919).

[36] Nach der Volkszählung von 1910 (auf Grundlage der Umgangssprache) betrugen die Bevölkerungsanteile für:

Tschechoslowaken	8034887	59,48%
Ukrainer und Russen	434005	3,21%
Deutsche	3750327	27,76%
Magyaren	1070854	7,93%
Polen	169641	1,26%

(Statistisches Jahrbuch der Tschechoslowakischen Republik, Prag 1925, II, S.362-363).

alles Festlegungen, aus denen gerade kleineren Nationalitäten Gefahren erwachsen konnten.[37] Freilich waren sie damit auch keine Verpflichtungen eingegangen.[38]

xxx

Im Lande liefen derweil die politischen Leidenschaften aus dem Zügel, Haß und Fanatismus erreichten einen neuen Höhepunkt: Die Lebensmittelrationen waren gering, Schwarzhandel und Wucher blühten. Dem Volk ging es schlechter als zur Kaiserzeit; es fühlte sich von den eigenen Leuten betrogen. Die radikalen Strömungen nahmen beständig zu und schon drohte aus dem Hintergrund die russische Revolution. Wohl deshalb auch schrieb eine Zeitung fast flehentlich: „Schafft Abhilfe, bevor das Volk sie selbst schafft!" Ein Ventil mußte her und da bot es sich an, für „erlittenes Unrecht" Vergeltung zu üben.[39] Also

---

[37] Aus dem Interview Masaryks mit der Zeitung „Matin" (einer damals führenden Tageszeitung) vom 10.1.1919: „ ... Für diese Landesfremden (die Deutschen - d.A.) wird man vielleicht einen gewissen modus vivendi schaffen, und wenn sie sich als loyale Bürger erweisen, ist es sogar möglich, daß ihnen unser Parlament zumindest auf dem Gebiet des öffentlichen Unterrichts irgendeine Autonomie bewilligt. Im übrigen bin ich davon überzeugt, daß eine sehr rasche Entgermanisierung vor sich gehen wird."

[38] In seiner Rede vor der Nationalversammlung am 2.6.1920 erklärte Wenzel Jaksch, Vorsitzender des Abgeordnetenklubs der (deutschen) Sozialdemokratischen Partei: „Sie haben Ihre Verfassung aufgerichtet und darüber das Wort geschrieben: 'Unabänderlich'. Sie haben sie mit so vielen Befestigungen umgeben, daß es schwer, ja undenkbar erscheint, hier auch nur den Gedanken einer gemeinsamen Schöpfung einer gemeinsamen Verfassung zur Erörterung zu stellen - ... Wäre es nicht viel vorteilhafter, wäre es nicht eine viel sicherere Zukunft dieses Staates, wenn man aufbauen würde ... auf dem gemeinschaftlichen Willen aller Völker, die diesen Staat bewohnen?" (K. Rabl, Das Ringen, S.206 ff).

[39] Dem Wesen nach klangen den Deutschen noch immer die Drohungen Dr. Trojans in den Ohren: „Seit Jahrhunderten sind die Tschechen von den Deutschen beherrscht worden. Nun kommt die Reihe der Herrschaft an die Tschechen und ihr Deutschen müßt euch jetzt gefallen lassen, die Bedienten zu spielen" (Nach Hans Kudlich, Rückblicke und Erinnerungen, Wien 1873).

gaben sich die Nationalisten jetzt ganz ihren Gefühlen hin, geistig bestens vorbereitet und durch die Regierung kaum behindert. Aufreizend strömten sie in die deutschen Gebiete ein, hielten dort Feiern und Kongresse ab und zogen herrisch durch die Städte, alles Vertrauen niedertretend.[40] In Trautenau etwa marschierte der „Sokol"[41] auf, in Aussig, Eger und anderen Orten die Legionäre. Häufig brachen Schlägereien aus und wurde geschossen, gab es Tote und Verletzte unter den Deutschen. Auch in der Hauptstadt kam es zu Übergriffen. Das „Deutsche Landestheater" wurde besetzt, Schulen und Bibliotheken aufgebrochen und Druckereien demoliert.[42]

Als nun der Staat auch noch Soldaten verlangte, wurde das als Hohn aufgefaßt. „Was will man von uns", sprachen erbost die Jungen, „wir werden bedrückt und uns wird mißtraut und doch sollen wir dienen - vielleicht gar noch auf die eigenen schießen!" Weil ihnen aber Erfahrung fehlte, fragten sie uns, die „Alten":

„Wie ist es denn so beim Militär?"

Rasch begann ein Veteran zu plappern: „Ja, beim Kaiser, da galt schon die Einberufung als Fest; da wurde gebraten und gebacken und wir liefen geschmückt umher, als sollte es auf Brautschau gehen ..."

---

[40] Der Vorsitzende der Nationaldemokratischen Partei und erste Ministerpräsident der ČSR, Dr. Kramař, erklärte in seiner Programmrede vom 12.12.1918 im Abgeordnetenhaus: „Die Deutschen werden alle Rechte freier Bürger genießen und in kultureller, wirtschaftlicher und persönlicher Beziehung jede Freiheit haben, nur müßten sie auf die Idee eines geschlossenen Sprach- und Siedlungsgebietes verzichten."

[41] „Sokol" (Falke): durch Tyrs und Fügner 1862 nach dem Beispiel von Friedrich Ludwig Jahn gegründeter, hervorragend organisierter und stark verbreiteter, vorwiegend bürgerlich orientierter Turnverband. Der „Sokol" erwarb sich große Verdienste bei der Entwicklung des tschechischen Nationalbewußtseins.

[42] Hier: Druckereien der deutschen Tageszeitungen „Bohemia" und „Prager Tagblatt".

Davon aber wollten die Burschen nichts hören und auch kein Schwärmen vom schönen Wien - danach stand ihnen jetzt nicht der Sinn. Wie es im Krieg war, sollten wir sagen.

„Schrecklich!"

„So erzählt uns doch eine Kleinigkeit!"

Wir taten ihnen den Gefallen; ich zuerst: „Das Korn stand hoch, als die Mobilisierung begann, und es war an der Zeit, an seinen Schnitt zu denken. Den aber vergaßen wir, denn wir hatten es eilig und zogen los, fröhlich und schnell zu siegen. Bald wollten wir wieder zu Hause sein, nicht später als Weihnachten: Unser Zug rollte nach Süden. Man winkte, auf jedem Bahnhof wurden wir begrüßt, Kapellen spielten und überall gab es Geschenke; ganz Österreich-Ungarn schien im Taumel zu sein. Je näher wir aber unserem Ziele kamen, umso einsamer und fremder wurde die Umgebung. Kein ermunternder Zuruf erreichte uns mehr; nur immer stiller wurde es, fast unheimlich. Man dachte zurück, die ersten Sorgen kamen auf, leichte derweil, die sich rasch noch unterdrücken ließen. Erster Kanonendonner war zu hören ...

Die Serben waren harte Gegner, tapfer, stolz und opfermütig; sogar Frauen standen in den Schützengräben und ihre Kinder machten Meldegänge. Verrat kannten sie nicht, das Volk schien aus einem Guß zu sein. Gegen diesen Feind zu kämpfen fiel schwer, ähnlich uns glaubte auch er, es gelte für das Vaterland. Nur zu bald mußten wir um viele gute Kameraden trauern.

Ab Mitte Oktober hörte der Regen nicht mehr auf und in den Bergen schneite es. Die Wege schwappten über von Nässe und Schmutz, der Nachschub kam nicht heran und unsere Artillerie blieb stecken. Die Temperaturen sanken, wir aber trugen noch immer Sommeruniform und unser Schuhwerk war bereits verschlissen; viele wurden krank. Wir waren erschöpft, die meisten auch schon gleichgültig; doch schonungslos trieb man uns an, den Erfolg herbeizuzwingen.[43] Dann endlich kam der große Tag, der alle Strapazen vergessen ließ: Wir hatten Belgrad genommen, wie Prinz Eugen vor 200 Jahren - ein herrlicher Sieg, die k.u.k. Standarte war gehißt worden und es hatte eine ergreifende Feier gegeben - mein Bataillon nahm daran teil. Gerade jetzt aber faßte der schon matte Feind alle Kräfte zusammen und wir mußten ihm weichen. Ein entmutigender Rückzug begann und zu Jahresende standen wir wieder auf österreichischem Boden. Als wir wehmütig unser „Stille Nacht, Heilige Nacht ..." sangen, waren wir ausgelaugt und ganze Regimenter zu Asche geworden.[44] Serbien war nicht besiegt und im Norden und Osten griffen die Russen mit Übermacht an. An baldige Rückkehr war nicht zu denken."

„Ihr wart enttäuscht?"

„Mehr noch, denn eigentlich waren wir gar nicht in den Krieg gezogen, vielmehr zu einem schönen wilden Spiel. Nur zu bald aber erlebten wir ein grausames Erwachen und litten darunter, wohl bis zum Schluß. Mit der Begeisterung war es vorbei, doch erfüllten wir weiter unsere Pflicht, noch immer in überlieferter Treue. Freilich drängten sich

---

[43] Egon Erwin Kisch, Gefreiter beim VIII. (Prager) Korps, notierte am 28.11.1914: „Das Terrain ist gräßlich, wir haben keine Reserven, alle Soldaten denken an Selbstmord." Und am 1. Dezember: „Der letzte Monat dieses grausamsten aller Jahre beginnt. Wird es der letzte Monat des Krieges sein? ... Nirgends ist ein Ende abzusehen ..."

[44] Seit Kriegsbeginn beliefen sich die Verluste der Balkanstreitkräfte bereits auf über 30000 Tote, 173000 Verwundete und 70000 Gefangene; und das bei nach und nach eingesetzten 450000 Mann! (Nach Manfried Rauchensteiner, Der Tod des Doppeladlers, Verlag Styria 1993).

auch schon Zweifel auf, verstohlen, wie heimliche Sünde: mußte das sein, wozu denn nur alles?"

Der Nächste setzte mit harten Worten fort: „Im Winter 14/15 verschlug es uns in die Karpaten. Es war bitterkalt, das Gelände tief verschneit, dazu ein nadelscharfer Wind. Wochenlang kamen wir nicht aus der Kleidung, kaum einmal gab es warmes Essen. Feste Unterkünfte fehlten ganz; nur Höhlen aus Schnee schützten vor dem Wetter, das feindlicher als die Russen war. Viele der Unsern erfroren, geschwächt und übermüdet schliefen sie ein. So mancher schloß von sich aus willig die Augen, um endlich der Drangsal enthoben zu sein. Am stärksten aber litten die Verwundeten, doppelt entkräftet gingen sie meist elend zugrunde. Im Frühling erst fanden sich auch die vielen Vermißten, von Pesthauch umweht, durch Wölfe befressen und die Knochen verstreut - nicht anders als Fallwild. Wo aber die Kämpfe am heftigsten tobten lagen Freund und Feind gehäuft durcheinander, noch im Tod von Geschossen zerrissen ..."

„... da bekommt man ja eine Gänsehaut!"

Mein Nachbar aber kannte kein Erbarmen mit den jungen Kerlen. „Der Soldat soll überlegen", meinte er, „wofür er seinen Kopf hinhält: Während eines heftigen Schneesturms griffen die Russen an und ihre Artillerie schoß Vorbereitung. Etwas Schweres schlug mir an die Brust und warf mich rücklings nieder. Ganz plötzlich trat auch der Feind aus dem Flockenwirbel, keine 10 m vor unserem Graben. Ein grausamer Kampf ums Überleben begann, Mann gegen Mann mit Bajonett, Kolben und Spaten. Nach dem Gefecht suchte ich den harten Gegenstand und fand einen unförmigen Klumpen - den Kopf meines Nebenmannes."

„Im Frühjahr 1917 aber", nahm ich wieder das Wort, „wollten die Russen nicht mehr kämpfen; es hieß, die Revolution sei ausgebrochen. Wirklich lärmten sie auch fröhlich in den Schützengräben, riefen 'Frieden' und 'Mir' und kamen ohne Waffen auf uns zu. 'Nicht schießen, Kameraden', schrien sie.

Wir kamen ins Gespräch, mißtrauisch erst, zögernd und mit vielen Vorbehalten. Trotz allem aber fanden wir zusammen, weil uns manches Gemeinsame verband; der 'Feind' wollte nach Hause, er sah im Kriege keinen Sinn, und uns ging es wie ihm ganz ebenso.

Der Zufall ließ mich auf einen gereiften klugen Russen stoßen. Irgendwo an der Wolga war er zu Hause, in dem fremden unendlichen Land und sprach gut deutsch, und eigentlich war er mein Landsmann.

Ihn drückten viele Sorgen, weit größere als mich, und doch waren sie den meinen ähnlich. Ungestüm brachen sie aus ihm heraus, mit Leid und Schmerz vermischt und voller Wut auf alle Ungerechtigkeiten, klagend erst und dann mit zornigem Gepolter: 'Der Schwiegersohn ist gefallen und die Tochter nicht dreißig. Drei kleine Kinder sind zurückgeblieben, kaum läßt sich ihr Alter unterscheiden. Dabei war die Ehe so hoffnungsvoll; das Paar war selig, es war ganz eins und ich wurde mit ihm glücklich. Bald kamen Enkel. Sie brachten Frische ins Haus, fast im Überfluß und sorglos glaubten wir alle, unsere Freude könnte niemals vergehen.'

Ich unterbrach ihn nicht, auch meine Gedanken flogen nach Hause, weg von Schmutz und Drahtverhau und den Soldatengräbern; einzig ein Rauschen blieb mir von seinem Redefluß:

Liesa ist jetzt der Ernährer; alle Arbeit lastet nun auf ihr, ohne Unterschied der Schwere. Das Gespann aber wollte sich nicht unterwerfen und auch der Pflug gehorchte nicht, immer wieder entfuhr er ihren schwachen Händen; mir war, als hörte ich ihr Schluchzen.

Unsere Kinder sind sehr klein und wissen Schmerz und Wunsch noch nicht zu unterdrücken. Sie krabbeln quengelnd um die müde Frau und möchten sie für sich alleine haben. Ob sie sich meiner noch erinnern, überlege ich gerührt, und dann, in plötzlichem Erwachen, sie werden doch wohlauf sein!?

Wieder höre ich die Stimme meines russischen Leidensgefährten: ' ... weshalb sollten wir uns denn zusammenschlagen - umkehren müssen wir unsere Waffen!'"

xxx

Unsere Geschichten hatten die jungen Männer erschreckt und unsicher gemacht. Verschüchtert blickten sie zu Boden hin und sahen sich schon in die Schlacht getrieben. Ein Bursche jedoch meinte hoffnungsvoll: „Es wird wohl keinen Krieg mehr geben."

Wir aber, im Schlechten schon erfahren, konnten seine Zuversicht nicht teilen: „Vielleicht mußt du gegen die Ungarn[45] ziehen, die Deutschen oder gar Österreicher!"

„Ja", rief ein zweiter sehr empört: „Gegen die alten Kameraden, die mit uns im Graben lagen. Die Zeit ist wahrlich dazu angetan!" - „Dann wird eben weggelaufen", riet ein Junge, „wie kann ich mich denn sonst auch wehren?"

---

[45] Im Zuge der Grenzziehung (zu Gunsten der Tschechoslowakei) kam es 1919 zu verlustreichen Kampfhandlungen mit Ungarn.

Das aber widersprach der altgewohnten Ehre, und so wurde er gleich angefahren: „Bist du erst vereidigt auf den Staat, hast du für ihn auch einzustehen!"

Doch nicht alle waren dieser Meinung: „Und wie ist das mit den Legionären, die heute große Helden sind; hatten die denn keinen Schwur getan? - Von einem will ich euch berichten:

„Er war Maurer, und wäre, so sagte man, beim Bau vom Gerüst gefallen. Das habe ihn zwar nicht invalid gemacht, doch seinem Verstand geschadet. Andere hielten dagegen, er hätte zwei Köpfe, einen mit Einfalt für die Obrigkeit und den zweiten, geheimen, so ganz für sich.

Bei einem Angriff ging er nur zögernd vor und blieb bald in Deckung liegen. Ich rief 'komm, wir müssen!' - er 'die schießen, siehst du das nicht?'

Wir stürmten, doch unser 'Hurra' erstarb, durch die Russen zusammengeschossen; nur wenige Männer kehrten zurück. Auch Pepik fehlte - er hatte sich weggeschlichen!"

„Ach, wenn es nur einzelne gewesen wären", rief man erregt dazwischen, „doch regimentsweise liefen sie über, ich habe es selber gesehen.[46] Sie sangen ihr 'Hej Slowene'[47] und schon galten sie den Russen als Brüder."

„Ja, es war bedrückend, traurig und beschämend dazu, und schlimmer noch, als sie gar gegen uns kämpften.[48] Nun

---

[46] Aus Überläufern und Kriegsgefangenen wurde die sogenannte Tschechoslowakische Legion gebildet. Sie umfaßte zu Ende des Krieges 89000 Kämpfer, davon 60000 in Rußland (Die Erste Tschechoslowakische Republik als multinationaler Parteienstaat, S.444/445, R. Oldenbourg, München-Wien 1979).

[47] Panslawistisches Trutzlied, vergleichbar etwa dem deutschen „Wacht am Rhein".

[48] Anfang Juli 1917 nahm auf russischer Seite erstmals eine tschechoslowakische Brigade (Legionäre) an Kampfhandlungen gegen die k.u.k. österreichisch-ungarische

wird alles noch schwerer, wußten wir, und noch mehr wird man zu Hause jetzt weinen."[49]

„Und Ihr!?"

„Wir blieben, unser Haus hieß Österreich, wohin also sollten wir gehen?"[50]

Unsere Gesellschaft war recht nachdenklich geworden; der Erzähler aber wollte keine Pause und rasch nahm er wieder seine Gedanken auf: „Vor kurzem traf ich meinen früheren Kameraden. Wir freuten uns und gingen auf ein Bier, Erinnerungen aufzufrischen. Damals, versuchte er mir zu erklären, erhielt ich Post von meinem Bruder, der deshalb nur zu Hause war, weil der Krieg ihn schon zum Krüppel machte.

'Noch niemals hat der Kaiser so viele Männer ins Feld geschickt', schrieb er, 'keine Überlieferung weiß von Ähnlichem zu berichten. Er muß wohl sehr in Bedrängnis sein, denn er holt bereits die Großväter weg und sicher auch bald die Enkel. Nur noch Alte bekommt man zu Gesicht und immer wieder Frauen. Die gebückten Mütterchen sehen jetzt noch viel krummer aus, trauriger und ärmer, als sie es ohnehin schon sind. Kaum ein Lachen läßt sich hören, noch seltener ein Scherz; die Fröhlichkeit ist weggegangen und so wurden auch die Kinder leise - wozu wir nur die vielen Opfer bringen?'

Armee teil. Ihr Einsatz besaß weniger militärische, als umso größere politisch-moralische Bedeutung.
[49] An unwiederbringlichen Verlusten entfielen auf je 1000 Einwohner folgender Gebiete:

deutsch-österreichische	29
deutsch-alpenländische	34-30
ungarische od.dtsch.-ungar.	28
deutsch-böhmische	34
deutsch-mährische	44
tschechische	22

(Nach Winkler: Die Totenverluste der österreichisch-ungarischen Monarchie nach Nationalitäten, Wien 1919).
[50] Frei nach Grillparzer (Lied an Radetzky: „In deinem Lager stand Österreich ... „).

„Das Elend war bei allen gleich", bemerkte ich, als Pepik sich verschnaufte.

„Ja", antwortete mir der, „doch zogen wir andere Schlüsse; jetzt aber höre weiter!

'Wir haben einen milden, sonnigen Herbst, voll Stille, als wäre schon Frieden. Das Laub glänzt von Gold und Edelstein, man glaubt an ein Märchen, nur sind die Farben viel frischer. Auch unser Kirschbaum am Brunnen schert sich nicht um den Krieg. Ihn durchzog es wie Liebe und Lust und so trieb er in seiner Glückseligkeit die duftigsten strahlendsten Blüten - schön sieht er aus. Unsere Mutter aber erschrak und wußte nicht zu deuten, ob das ein Zeichen zum Guten sei oder neues Unheil bedeute.'"

Mein Bekannter war zu Ende gekommen und blickte mich nun fragend an; woran ich wohl gedacht hätte, wäre ich an seiner Stelle gewesen.

An Liesa", sagte ich, „und ihre Abschiedsworte: „Komm' bald zurück, du weißt, daß du erwartet wirst! Und das Heimweh wäre über mich gekommen, stärker, als ich es eh schon hatte."

„Ganz ebenso erging es mir, und doch war da für mich noch eine Mahnung: Du solltest entscheiden, las ich aus ihr, ob du den Kaiser verrätst oder dich. Aber Vorsicht, du stehst unter Kriegsrecht!"

„Bist du nicht willig in den Krieg gezogen, für den Kaiser und das Reich, ohne viel zu murren!?"

„Versteh doch, ich wollte nicht auf Russen oder Serben schießen. Sie waren mir Verwandte und kämpften schließlich auch für mich!"

Ich schwieg, das Geschehen hatte mich wieder eingeholt, bis Pepik leise fragte: „Graust es dir denn immer noch vor mir?"

Ich aber hatte bereits vieles lernen müssen und konnte daher gestehen: „Heute kann ich dich schon eher begreifen, denn jetzt sind wir in ähnlicher Lage wie damals ihr."[51] Pepik kränkten meine herben Worte nicht. Seine Antwort fand ich aber doch sehr merkwürdig, weil sie so gar nicht zu unserer alten Kameradschaft passen wollte: "Wir alle träumen unseren Traum vom Glück, durch die Vergangenheit verklärt. Die Deutschen meinen, sie hätten es mit Österreich verloren, wir aber in der Schlacht am Weißen Berge. Zu uns freilich ist es brav zurückgekehrt, und nun wollen wir's auch nutzen!"[52]

xxx

Dreiunddreißig begannen die Nazis von außen Parolen zu schreien und versteckt tat Henlein das gleiche im Innern; beide nutzten geschickt die Sünden der Tschechen. Die erkannten zwar rasch die Gefahr, doch fiel ihnen darauf nichts besseres ein, als nur noch stärker auf „ihre" Deutschen zu drücken.

---

[51] „Sie haben sich im alten Österreich bedrückt gefühlt. Sie haben dem Staat vorgeworfen, daß er Ihnen Ihre nationale Entwicklung als Volk vorenthalte, daß er Ihnen Ihre politische Freiheit nicht in dem Maße gebe, wie es den Bedürfnissen Ihrer Not entspreche. Und nun haben Sie Ihren eigenen Staat errichtet und uns mit Hilfe der siegreichen Westmächte in diesem Staat gehalten und nun stehen wir in unserer nationalen Bedrängnis genau dort, wo Sie einst gestanden sind. Sehen Sie denn nicht, daß Sie uns ein Beispiel geben, das man nur nachzuahmen braucht?" (Aus der Rede des deutschen Abgeordneten Křepek, Bund der Landwirte, vom 10.6.1920 im Abgeordnetenhaus).

[52] Dr. Kramař (erster Ministerpräsident der Tschechoslowakei): „Wir sind die historische, die erste Nation" (A.Czednik, 4.Band, S.184).

Zwei Jahre später gelangte das Saarland ungeteilt zurück zum Reich[53]. Die Leute freuten sich, auch die loyalen. Sie meinten, jetzt würde Prag wohl endlich Anlaß sehen, ihnen die Autonomie zu gewähren. Das aber wollte nicht verstehen und sprach wütend nur wieder im Gegenteil von „Hochverrat" und „Irredenta".

Nach wenigen Monaten fanden Parlamentswahlen statt; die „Sudetendeutsche Partei" wurde stärkste im Lande. Zwei Drittel der Deutschen hatten für sie gestimmt.[54]

xxx

Zur Winterszeit versammelten sich noch immer die Grüppchen, kaum zur Freude, mehr um den Kummer von der Seele zu reden. Auch der Ton der Gespräche war ein anderer geworden, erregter und schärfer, als wäre er seiner Hülle entkleidet. Es gab viel zu beklagen, und rasch folgte eine Beschwerde der anderen:

„Zwanzig Jahre diente ich bei der Eisenbahn und immer war man zufrieden mit mir. Unverhofft aber mußte ich gehen, bloß weil mein Tschechisch nicht fein genug war ..."[55]

„... bald wird es keinen deutschen Briefträger mehr geben, so wenig wie das Postfräulein ..."

---

[53] Die vom Versailler Vertrag vorgesehene Saarabstimmung, bei der sich 91% der Saarbevölkerung zu Deutschland bekannte, fand am 13.1.1935 statt.
[54] Bei den Parlamentswahlen am 19.5.1935 entfielen von 1,80 Millionen deutscher Stimmen auf:
Sudetendeutsche Partei   1,25 Mio = 44 Sitze
(vordem nicht existent);
Deutsche Sozialdemokraten   0,30 Mio = 11 Sitze
(bisher 21)
Deutsche Christlichsoziale   0,16 Mio = 6 Sitze
(unverändert)
[55] Deutsche Beamte mußten sich - als Voraussetzung für ihre Tätigkeit - einer diskriminierenden Sprachprüfung unterziehen.

„... unter den Gendarmen sieht man schon heute keinen von den Unsern ..."

„... das geht allen Beamten so, ob sie nun Schaffner oder Polizisten sind. Man müsse sparen, heißt es nur, und der nächste wird gekündigt ... "[56]

„... doch nur, um für den einen Deutschen sogleich zwei Tschechen einzustellen!"

„Am schwersten aber trifft es wohl wieder die Proleten: viele von uns sind arbeitslos, die meisten schon seit Jahren.[57] Und wer nicht ein Stückchen Land besitzt, der muß wahrhaftig hungern ..."

„... werden aber doch einmal Hände gebraucht, müssen trotzdem Tschechen her - wißt ihr, wie das verbittert? ..."[58]

„... und man uns aufeinanderhetzt!"

„Es geht den Bauern auch nicht gut, fast alle haben Schulden. Wer aber zur Frist nicht zahlen kann, dem wird´s Vieh vom Hof getrieben! ..."

„... und kommt die Ernte schlecht herein - im Gebirge ist's so selten nicht - ringt man um's nackte Überleben!"

---

[56] Zwischen 1920 und 1930 wurden etwa 33000 Deutsche aus dem Staatsdienst entfernt und gleichzeitig 41000 tschechische Beamte neu eingestellt. Allein in den böhmischen Ländern waren 37000 staatliche Stellen mit Tschechen besetzt, die nach dem Bevölkerungsschlüssel Deutschen zugestanden hätten (Friedrich Prinz, Deutsche Geschichte im Osten Europas - Böhmen und Mähren, Siedler-Verlag 1993, S.395).

[57] Zum Ausklang der Weltwirtschaftskrise in der ČSR entfielen im Jahre 1936 von insgesamt 846000 Arbeitslosen allein 525000 auf die Sudetendeutschen (Friedrich Prinz, aaO, S.395).

[58] Anläßlich eines Besuches tschechischer Intellektueller in den nordböhmischen Industriegebieten schrieb die „Reichenberger Zeitung" am 2.10.1935: „ ... Heimische Arbeitskräfte werden übergangen, leistungsfähige sudetendeutsche Industriebetriebe bei Staatslieferungen ausgelassen. Vielerorts ist rund ein Drittel der Bevölkerung arbeitslos; bis zu 70% der Schulkinder sind mancherorts unterernährt ... "

„Ich aber wollte Bauer werden, denn das Grafengut wurde aufgeteilt. Aber man hat mich grob abgewiesen: 'Der Boden gehört in slawische Hand', sagte man mir, 'und nicht aufs neue in deutsche.' So wurden wir alle arbeitslos, und das Dorf ist tschechisch geworden!"[59]

„Überall werden auch tschechische Schulen gebaut ..."

„ ... nur sieht man fast keine Kinder ..."

„ ... die stellen sich sicher auch bald ein - ihr hört doch die Nationalisten schreien: 'Wir holen uns die „verdeutschten"[60] Gebiete zurück, bis zu den heiligen Grenzen des Wenzelsreiches!'"[61]

XXX

Es war laut geworden in der Stube. Schon schlug ein Hitzkopf kräftig auf den Tisch, das Geschirr begann zu klirren und aus den Gläsern schwappte Bier. Liesa aber mochte Lärmen nicht, und weil sie Ruhe wünschte für ihr Haus, erzählte sie ein Geschichtchen:

---

[59] Abwegige tschechisch-nationalistische Behauptung, wonach der im Gefolge der Schlacht am Weißen Berge (8.11.1620) konfiszierte Boden der unterlegenen böhmischen Oberschicht vorzugsweise in deutschen Besitz gelangt sei.

[60] In seinem Bericht vom 14.09.1938 schreibt der englische Beobachter, Lord Runciman: „Tschechische Beamte und Polizisten ohne deutsche Sprachkenntnisse wurden in größerer Zahl in rein deutschen Gebieten angestellt. Tschechische Siedler, die Land aus der Bodenreform erhielten, wurden ermutigt, sich mitten unter der deutschen Bevölkerung anzusiedeln; für die Kinder der tschechischen Eindringlinge sind tschechische Schulen größerer Zahl gebaut worden; allgemein herrsche die Überzeugung, daß tschechische Firmen den deutschen bei der Vergebung von Staatsaufträgen vorgezogen werden und daß der Staat Tschechen bedeutend leichter Unterstützung gewährt als Deutschen. Ich glaube, daß diese Klagen in der Hauptsache gerechtfertigt sind" (zitiert nach Raschhofer/Kimminich „Die Sudetenfrage"; Olzog Verlag 1988, S.168).

[61] Wenzel: Christlicher böhmischer Herzog (929 ermordet); in späteren Jahrhunderten als König Wenzel mystisch verehrt.

„In unserem Lande lebten einst zwei Königinnen. Sie hielten Freundschaft und standen sich bei, eine jede nach ihrem Vermögen. Als sie aber in die Jahre kamen, wurden die Damen grämlich. Neid und Zwietracht traten zwischen sie, und des öfteren gerieten sie ins Zanken, wer schöner wohl von ihnen sei; sogar die Kinderzeit vergaßen beide, durch die sie Hand in Hand gegangen.

Das freilich war ein böses Spiel und statt segensreichem Miteinander kam bald gehäuftes Unheil auf. Weit über Prag zog es hinaus, nach Mähren hinein und über den Kamm des Riesengebirges. Gleich hart bedrückte es die Untertanen, wes Herrschaft sie auch angehörten.

Das mißfiel nun auch den Herrscherinnen, weil es nicht ihrem Stand gedieh. Und als der Streit einmal erlahmte - wie das von Zeit zu Zeit geschah - gingen sie zu einem weisen Mann, der sollte ihnen raten.

Der aber sprach ein off'nes Wort, wenngleich mit Achtung und Verehrung, wie sich's in solchem Fall gebührt: 'Eure Majestäten sind für sich selber unvergleichlich. Warum also wollt Ihr weiterhadern und damit Euren Reizen schaden?'"[62]

„Aber das ist doch nicht unsere Wirklichkeit", brummte enttäuscht der Poltergeist; ihm ging der Sinn wohl auch nicht ein.

„Ich wieder hörte es sehr gerne", meinte eine Frau," nur müßte das Ende glücklich sein, wie das für Märchen üblich ist."

XXX

---

[62] In Anlehnung an Havlíček-Borovsky, tschechischer Publizist und Satiriker:
Já pán - ty pán! - Jeder sein eigener Herr! Aber nicht: Ich Herr oder du Herr.

Für die Tschechoslowakei wurde die Lage derweil kritisch. Das Land umgaben feindliche Nachbarn, Deutschland vor allem, minder Polen und Ungarn. Im Innern aber drängten die Nationalitäten auseinander,[63] auch die Slowaken, die doch zum Staatsvolk gehörten.

Für die Republik stand jetzt die Armee im Mittelpunkt, von ihr versprach sie sich ein letztes Heil. Fieberhaft wurde aufgerüstet, spürbar gerade an der Grenze. Täglich zogen Arbeitskolonnen und Soldaten durch das Dorf und laute Transporte zerrissen die Stille. Sie wühlten das Land um, zogen Gräben, schufen Sperren und Schneisen oder auch Schußfeld; am Bergkamm aber, so wußten die Eingeweihten, wurde eine dichte Kette von Bunkern gebaut mit gewaltigen Werken dazwischen.

Die fremde Betriebsamkeit verstörte die Bewohner; sie fühlten sich nicht mehr heimisch. Jeder Spatenstich tat ihnen weh und vielen wollte es scheinen, als würde an ihren Wurzeln gegraben. Schon wurde vom Krieg gesprochen; nicht irgendwo in der Ferne, sondern hier, vor der Festung, im Dorf und zwischen den Häusern.

Auch wir waren in Sorge; sollte alles Mühen denn umsonst gewesen sein: Kurz vor dem Krieg ließen die Eltern ein neues Wohnhaus bauen. Es kostete viel Geld, und sie hatten kräftig mitgeholfen und sich dabei fast totgerackert. Doch fertig damit sprachen sie zu uns mit Stolz, „hier sollen noch eure Enkel wohnen!"

Wir hielten es wie sie und drehten jeden Heller mehrmals um bis Krone kam zu Krone. Endlich stand die neue Scheuer, die wir schon seit langem brauchten. Und auch

---

[63] Karl Renner: „Die Länder zerreißen die Nationen, kein Wunder, daß die Nationen die Länder zerreißen wollen" (Das Selbstbestimmungsrecht der Nationen in besonderer Anwendung auf Österreich", I.Teil: Staat und Nation, Leipzig und Wien 1918).

wir waren zufrieden, weil wir an unsere Kinder dachten, die es doch einmal besser haben sollten.

Mehr als mich bedrückten Liesa die Gefahren. Sie war dem Verzweifeln nahe und wie ein Aufschrei klang mir ihre sorgenvolle Stimme: „Ich möchte Kinder spielen sehen, Hochzeiten und Taufen, und nicht schon wieder nur Gewehre!"

Jetzt erst sah ich ihre Krähenfüße um die Augen, den grauen Schimmer auf dem Haar und wie hart doch ihre Hände waren. Müde sah sie aus und abgehärmt; war nicht ihr Lächeln auch viel seltener geworden?

Ich erschrak: War mir das alles nur entgangen, weil ich sie zeitlos schön nur sah? Und versprach ich denn nicht einmal meiner Liesa, ein heiteres Leben läge vor uns beiden und alle Tage würden ganz ähnlich uns'rer Brautzeit sein? Nun aber mußte ich mir eingestehen, nur ihre Sorgen half ich tragen, und selbst das gelang nicht alle Jahre.

An diesem Tage aber fand ich auch Worte der Dankbarkeit. Ein überschwengliches Gefühl verlieh sie mir, und stotternd gab ich sie der Gefährtin weiter: „In meiner Jugend erwarb ich einen Edelstein, von strahlendem Glanz und sanftem Schein, grad wie die Stunde es fügte. Sein Licht war mir Begleiter durch die Jahre, zutiefst drang es in meine Seele ein. Es half mir zum Erfolg in guten Tagen und schenkte Kraft, wenn ich verzagen wollte. Später dann kamen noch Sternchen hinzu, das waren unsere Kinder. Sie machten mich reich, und waren sehr ähnlich dem Steine."

xxx

Von ihrer Lage enttäuscht blickten die Deutschen verblendet über die Grenze. Ein wundersamer Aufstieg sollte dort vor sich gehen, jedermann stände in Lohn und Brot und hiesiges Elend gäbe es nicht. Es gab aber auch Nachrichten, die so gar nicht zu dem hehren Bild vom Dritten Reiche passen wollten: nur Hitlers Stimme gelte noch, Verfolgungen gäbe es und schon rüste sich das Land zum Krieg. Die Leute aber glaubten den Gerüchten wenig, zu fremd war ihnen die Republik geworden. Der Staat war eben nicht ihrer, er gehörte allein nur den Tschechen. Ihnen gab er keine Geborgenheit, für sie hatte er nur Kälte.[64]

Als schließlich die Mobilisierung begann, war nichts von jener Begeisterung zu spüren, wie sie noch vor 25 Jahren in gleicher Gegend überschwenglich war. Jetzt flüchteten die Männer ins Ziegengestein, in seinen Felsen Schutz zu suchen oder schlichen sich nach Schlesien hinein, um „fremdem" Kriegsdienst auszuweichen.[65] Wer aber dem

---

[64] Aus dem Bericht vom 3.3.1934 des britischen Gesandten in Prag, Addison, über das sudetendeutsch-tschechische Verhältnis: „Für den realistischen Betrachter bleibt die Tatsache, daß die ČSR den Ausgleich mit den Minderheiten nicht zustande gebracht hat ... Eine entsprechende (gerechte) Behandlung der Minderheiten hätte allerdings - allein durch den Zwang der Gegebenheiten - das Verschwinden der tschechischen Minderheitsherrschaft zur Folge gehabt, die ja die eigentliche Grundlage dieses Staatsgebäudes ist" (Documents of British Foreign Policy, Reihe 2, Band 6, London 1957, Nr. 328, S. 514 ff).
Am 14.9.1938 berichtete der englische Beobachter, Lord Runciman: „Es ist eine harte Sache von einer fremden Rasse regiert zu werden, und ich habe den Eindruck, daß die tschechoslowakische Herrschaft der letzten 20 Jahre in den sudetendeutschen Gebieten - obwohl nicht aktiv unterdrückend und sicher nicht terroristisch - gekennzeichnet ist durch Taktlosigkeit, Mangel an Verständnis, kleinliche Unduldsamkeit und Diskriminierung, und das bis zu einem Punkt, wo sie die Deutschen unausweichlich zum Aufstand reizen mußte" (Zitiert nach Raschhofer/Kimminich, aaO, S.167/168).

[65] Zum I. Armee-Korps (Südwest-Böhmen) rückten nur 30-40% der deutschen Reservisten ein; beim II. (Nord-Böhmen) ca. 60% und beim III. (Süd-Mähren) knapp über 20% (Nach Hyndrák: Kotázce - Hauner: Září in „Die Erste Tschechoslowakische Republik als multinationaler Parteienstaat", R. Oldenbourg München-Wien 1979). - Der Autor muß allerdings darauf hinweisen, daß gerade in dieser Frage auch andere, z.T. sehr unterschiedliche, Angaben vorliegen.

Befehl folgte, dem lohnte man die Treue schlecht; er kam in die Slowakei, wurde argwöhnisch überwacht und blieb meist ohne Waffe.

Im Oktober marschierten die deutschen Truppen ein; kein Schuß aus den unheimlichen Bunkern versperrte ihnen den Weg. Es war friedlich geblieben im Sudetenland. Für die Menschen nahm die Angst jetzt ein Ende, der Tag schien wieder hell und die Luft war würzig und rein, wie nach einem schweren Gewitter. Manche aber meinten, verhaltenes Grollen zu hören, ein Omen auf schreckliche Dinge, für die es an Worten fehlte.

Die Krähen schrei'n,
Und ziehen schwirren Flug's zur Stadt;
bald wird es schnei'n,
Weh dem, der keine Heimat hat!

Fr. Nietzsche, aus „Vereinsamt"

5. Kapitel

Abschied

Es war ein Goldener Herbst, trocken und warm, wie geschaffen für einen Feldzug. Wirklich standen auch zwei Armeen im Land, beide gänzlich verschieden: Die eine marschierte ernst und bedrückt, nur selten begleitet durch zaghaftes Winken. Ohne Abschied ging sie fast heimlich zurück, betäubt durch die Niederlage. Die Truppen der zweiten aber wurden freudig begrüßt und herzlich empfangen wie es Befreiern gebührt - mit Spalieren von Menschen und Fahnen, Blumen und nassen Augen.

Das Sudetenland war frei; die Krise war vorbei, es war - Gott sei's gedankt - zu keinem Krieg gekommen; man konnte wieder in die Zukunft blicken. Ein schönes erhebendes Gefühl erfüllte seine Bewohner, Teil eines großen starken Volkes zu sein. Ein neuer Geist war eingezogen, wie Licht in eine dunkle Kammer fällt und alle Muffigkeit vertreibt. Man war bei Deutschland, zu dem man sich hingezogen fühlte, nicht mehr hineingepreßt in einen fremden ungeliebten Staat:[66] Kein Sprachengesetz demütigte mehr,

---

[66] Neville Henderson, britischer Botschafter in Berlin: „Die Tschechoslowakei hat Gebiete verloren, ... die klugerweise in Versailles in den tschechischen Staat gar nicht hätten eingegliedert werden sollen und welche niemals - es sei denn auf der Basis einer Föderation - dort dauernd verbleiben konnten" (failuse of a mission, London 1939, S.167/168).

mit der Polizeiwillkür war es vorbei und niemand lief Gefahr, mit List verdrängt und allmählich tschechisiert zu werden. Die Wirtschaft belebte sich sehr rasch, bald gab es keine Arbeitslosen mehr und auch die Lebenshaltung hob sich.

Vieles war neu und manches ließ die Leute staunen: Da gab es „Kraft durch Freude"-Reisen und Ferienlager für die Kinder. Wer wollte, konnte günstig einen „Volksempfänger" kaufen oder für sein Auto sparen; für jeden sollte es erschwinglich sein. Und überall standen Losungen, beinahe für alles eine: „Arbeit macht frei" oder „Freie Bahn dem Tüchtigen", die für viele auch begeisternd wirkten.

Junge Leute erhielten Darlehen und neuer Kinderreichtum setzte ein.[67] Auch meine Cousinen schoben bald stolz den Wagen vor sich her, unterhielten sich vergnügt dabei oder trällerten ein Schlagerliedchen. Oft fand ich Freundin Olga zwischen ihnen; sie blickte in jedes Gefährt hinein, die zappligen Wesen zu bewundern. Ich fand in ihrer Neugier keinen Sinn, bis Mutter mir endlich sagte: „Sie ist neidisch - sieh doch nur ihre Augen!"

Mich aber nahmen die aufregenden Tage anders ganz gefangen und so verbrachte ich die meiste Zeit bei den Soldaten. Sie waren auch sehr nett zu mir und alles durfte ich mir ansehen. Ich ging mit ihnen essen und sogar auf ihren Pferden ließen sie mich reiten; kaum noch ließ ich mich zu Hause blicken. Nur Olga fehlte mir bei dem Vergnügen - sie ging nicht mit, und ließ doch sonst kein Abenteuer aus. Erst eine Woche später trieb es sie zu mir: „Wo rennst du bloß hin", fuhr sie mich an, „schämst du dich nicht, das sind doch Hakenkreuzler!" Ich aber verstand so gar nicht

---

[67] In seinem Roman „Michael" schrieb Goebbels: „Die Frau hat die Aufgabe, schön zu sein und Kinder zur Welt zu bringen."

ihr Gedankenspiel und erst Vater mühte sich mir zu erklären, daß auch junge Mädchen bereits Tschechen wären.

Einen meiner neuen Freunde luden die Eltern öfters zur Bewirtung ein. Sie verstanden sich auch gut mit ihm, allein mir wollte scheinen, als führe der Gast oft sonderliche Reden: „Ob die Leute wohl so begeistert bleiben werden", fragte er, und „war es denn auch ein guter Tausch; seid ihr nicht gar zu unbedacht, in ein zweifelhaftes Glück gelaufen?"

Mit Olga und mir aber hatte das so seine besondere Bewandtnis, die beinahe schon an unserer Wiege stand: Ihre Eltern hatten die meinen zur Taufe eingeladen. Die kamen und weil sie eng befreundet waren, brachten sie ihren Jungen mit, an die zwei Jahre älter als das Mädchen. Wie nun die vier mit Stolz und Neugier um das Bettchen standen, muß wohl eine Fee ins Haus geschlüpft sein, denn die Kleine zeigte sich ganz ungewöhnlich fröhlich und streckte mit süßem Lächeln die Ärmchen nach dem Knaben aus. Wenn der sich auch verschüchtert an die Brust der Mutter drückte, galt das den Großen doch als zarte Vorbedeutung. Halb ernsthaft meinten sie daher, schon Braut und Bräutigam zu sehen, auch wenn sie ein paar Jährchen warten müßten.

Mir und Olga blieb das gleich, wir waren uns auch ohne Zutun gut. Ganz unzertrennlich aber wurden wir, als die Jugendjahre kamen; auch wurde mein Mädchen immer schöner, bezaubernd gar und lieb dazu, es besaß so ziemlich alle guten Gaben, wie sie nur eine Fee vergibt.

Den Eltern gefiel unsere Freundschaft. „Die beiden werden in die Ehe wachsen", sagten sie, und hielten das so sicher wie Pfarrers Amen in der Kirche. Der Mutter aber galt die Olga gar schon als die Schwiegertochter, nur daß sie noch im Hause fehlte.

Der Verlust des Sudetenlandes demütigte die Tschechen; sie fühlten sich von aller Welt verlassen. Ihre Gefühle gerieten außer Bahn und durch das Volk ging eine Welle der Empörung. Ihre alten Beschützer, Engländer und mehr noch die Franzosen, wurden beschimpft und des Verrates angeklagt; nicht selten auch begann man sie zu hassen.[68] Endlich war von eigenem Versagen die Rede, verpaßten Gelegenheiten, Hochmut und dummem Größenwahn.[69] Die meiste Schuld mußte freilich Beneš tragen und kaum ein gutes Wort galt länger ihm.[70] Olgas Vater wieder, der auch unser Nachbar war, sagte einfach: „Jetzt erst kann ich so richtig fühlen, wie den Deutschen wohl zumute war, als wir sie 18 zu uns zwangen."

In den kritischen Tagen des September und Oktober verließen viele Tschechen die deutschen Gebiete, öffentlich Bedienstete vor allem, die erst zugewandert waren und den Staat hier stützen sollten. Niemand verjagte sie, auch wenn ihr Weggang nicht bedauert wurde. Sie waren Fremde geblieben, galten als die Herrenschicht und fühlten sich wohl selbst auch so.[71]

---

[68] Das Beneš-Blatt „Česke Slovo" vom 1.10.1938 schrieb: „Wir weichen der Übermacht der Feinde, auch jener, die wir bis jetzt als Freunde bezeichneten."
Ähnlich drückten sich am 4.10.1938 die „Lidove Listy" aus: „Unserer Armee wurde von unseren 'Verbündeten und Freunden' ein Dolchstoß in den Rücken versetzt."

[69] Die angesehene Wochenzeitschrift „Přítomnost" vom 19.10.1938 vertrat die Meinung: „Jede Stimme, die nach einer Verständigung mit Deutschland rief, wurde niedergeschrien, und die Leute, die sich bemühten, ein besseres Verhältnis zu unseren Deutschen zu finden, wurden als Landesverräter gebrandmarkt, und man gab ihnen den Schimpfnamen 'Schweizler'."

[70] Dr.Beneš trat am 5.10.1938 als Präsident zurück und emigrierte nach England.

[71] Bei Fritz Peter Habel „Eine politische Legende", Verlag Langen Müller, München 1996, erfährt dieses Problem eine eingehende Untersuchung.

In unserem kleinen Ort aber gab es keine sonderliche Erregung. Die wenigen Tschechen blieben, auch wenn sie durchaus national empfanden. Weshalb auch sollten sie gehen, sie gehörten zur Dorfgemeinschaft und wilde Eiferer waren es nicht. Die Meinungen gingen auseinander, aber unsicher hofften doch die meisten: „Wenn etwa Österreich nun wiederkäme, man könnte ja zufrieden sein." Auch über Hitler rätselte man, bei Deutschen ebenso wie Tschechen: Der Nachbar spöttelte „wie ein böhmischer Dorfmusikant sieht der Mann aus, ein Siegfried ist das sicher nicht!" Eine ältliche Verwandte dagegen schwärmte „der Führer ist unser Retter, von der Vorsehung gesandt!" Mein roter Onkel aber schrie sogleich im Zorne (wenn auch schon nicht mehr öffentlich): „ein verblödeter Österreicher ist er, der zudem noch gefährlich ist!"

Der tschechische Niedergang setzte sich fort. Bald sollte es weit schlimmer kommen, und auch alte Sünden begannen sich zu rächen: Die Polen holten sich nun selber Land und noch viel mehr verlangte Ungarn. Den Slowaken wieder mußte man endlich Autonomie gewähren, nicht anders als den Karpato-Ukrainern.[72] Schon im nächsten Frühjahr aber kam der Zusammenbruch: Die Slowakei machte sich selbständig[73] und Hitler schickte seine Armee nach Prag - die Republik bestand nicht mehr.[74]

xxx

---

[72] Am 6.10.1938 wurde den Slowaken die seit Pittsburgh (1918) versprochene Autonomie zuerkannt und nur 2 Tage später auch den Karpato-Urkrainern.

[73] 14.3.1939.

[74] Nevile Henderson, aaO, London 1939, S.210: „Bis zum März, ... führte das Schiff des deutschen Staates die deutsche Nationalflagge. In diesen Märztagen hißte dann der Kapitän herausfordernd die Piratenflagge mit dem Totenkopf und gekreuzten Knochen und zeigte seine wahren Farben als prinzipienloser Feind des Friedens und der europäischen Freiheit."

Kaum aber beherrschte die neue Macht das Land, stellte sie auch schon ihren Gegnern nach. Besonders die Linken verfolgte man und die Juden wurden unsere ärgsten Feinde, obwohl die Tschechen sie doch meist den Deutschen zugerechnet hatten. Auch Bürgerliche fanden keine Gnade, die Kirchen nicht noch sonst jemand, der irgendwie im Wege stand;[75] selbst vor Henleins Freunden gab es jetzt kein Halten.[76] Mancher erschrak, denn das paßte so gar nicht zu dem großen Land, das doch als der Fortschritt galt. Viele flüchteten tief ins Böhmische hinein - und wurden meist zurückgeschickt, der Gestapo in die Hände. Auch Vaters Bruder war dabei; nach einem Jahr erst kehrte er zurück und wollte von keinem Erlebnis sprechen.

Bald gab es Lebensmittelkarten und Bezugscheine, den Luftschutz, die Partei; ... noch waren wir kein Jahr beim Reich, und schon begann der Krieg.[77] Alle schöne Zuversicht nahm sogleich ein überraschend jähes Ende und Ernst und Kummer traten rasch an ihre Stelle. Von Begeisterung war kaum etwas zu spüren, und doch gingen viele junge Leute zu Wehrmacht und SS, dem Lande beizustehen in dem „uns aufgezwungenen Krieg".

Auch ich wollte mich melden, doch Vater knurrte doppelt böse, wie durch die Olga angehalten: „Wag dir das nicht, du bist noch nicht gesund genug zum Sterben!"

---

[75] Allein 20000 Sozialdemokraten wurden verhaftet und zum größten Teil ins Reich verschleppt. Etwa 5000 Hitlergegnern gelang die Flucht in das rettende Ausland; 7000-8000 aber mußten den Weg in die Konzentrationslager antreten (Wenzel Jaksch, aaO, S.338/339).

[76] Wenige Monate nach dem Einmarsch war von Henleins Freunden und engsten Mitarbeitern kaum noch jemand von Einfluß; viele bezahlten ihren Widerstand mit Gefängnis und KZ (Walter Brand, „Die sudetendeutsche Tragödie", Verlag Zitzmann, München 1948, S. 47 ff.).

[77] Adolf Hitler am 1.9.1939 vor dem Reichstag: „Seit 4 Uhr 45 wird zurückgeschossen ..."

„Mann", entsetzte Mutter sich: „für sein Humpeln kann der Junge nichts, mußt du ihn deshalb kränken?"

Vater ließ sich nicht beirren: „Der Bursche wird 20 Jahre hochgepäppelt und dann braucht es nur den Augenblick, und schon deckt ihn die Erde. Verdammt noch mal", schrie er erbost, „und dafür zahlt man dann auch noch!"

Mutti erschrak und ängstlich-bittend sagte sie zu mir: „Ja, du könntest ruhig mehr an uns und deine Olga denken. Willst du mir das versprechen?" Mir aber klangen ihre Worte viel zu abgetan, und mein 'ja' konnte ihre Sorgen wohl kaum stillen. Dieser Kummer paßte einfach nicht in unsere frische Zeit - so dachte ich - in der es ganzer Kerle brauchte. Immerhin, ich war gewarnt, und freiwillig gehen wollte ich nun nicht.

xxx

Im ersten Protektoratsjahr meinten die Tschechen noch, sie könnten wie bei Österreich recht trotzig ihren Unmut zeigen; etwa zu Hussens Feuertod oder dem Tag der Republik. Man ließ sie fürs erste auch gewähren, es schien wohl auch nicht angebracht, schon offen Härte anzuzeigen.[78]

Als aber die Studenten entschlossen protestierten, schlug die Gewalt hart zu und schloß die hohen Schulen ab, ohne sie nochmals zu öffnen.

Auch ein Schulfreund Olgas mußte die Universität verlassen und so schimpfte sie mit mir, als trüge ich daran die Schuld: „Das haben wir vom Reiche nicht erwartet," fauchte sie mich an (und gab damit wohl die Meinung ih-

---

[78] Auf einem Festbankett in der Prager Burg am 5.4.1939 erklärte der Reichsprotektor, Freiherr von Neurath: „Es wird meine und meiner Mitarbeiter Aufgabe sein, die Länder Böhmen und Mähren im Lebensraum des Großdeutschen Reiches zu Glück und Wohlstand zu führen" (Völkischer Beobachter vom 6.4.1939).

rer Eltern wider), „ließ die Republik den Deutschen nicht die Schulen, hat sie jemals Studenten umgebracht!?"[79]

xxx

Gerechtigkeit hin - Gerechtigkeit her - der deutsche Vormarsch war nicht aufzuhalten. Wie ein gewaltiges Meer schon dehnte das Reich sich aus und kein Damm vermochte seine Sturmflut zu brechen. „Deutschland siegt an allen Fronten", hieß die Parole, und niemand konnte so recht widersprechen. Schon waren Polen und Frankreich niedergeworfen - was gab es am deutschen Erfolg noch zu zweifeln?!

Im Sommer 41 griff der Krieg auf Rußland über.[80] Die Weltkriegssoldaten wiegten bedenklich die Köpfe: „Das ist ein Land zum Erschrecken", sagten sie, „riesig und voller Reserven; wird dort nicht unser Ende sein?" Zum Ausgang des Jahres kam noch ein Gegner hinzu, das große und reiche Amerika: „Glück auf, Kumpel", sprach Olgas Vater den meinen an; „viel Feind - viel Ehr? Mußten das gleich die zwei Mächtigsten sein?" Seine Worte aber klangen nicht spöttisch, ihr Ton war eher mitleidsvoll. - Noch immer aber ging es vorwärts und schon im Spätherbst standen die Armeen vor Moskau.

xxx

Im Protektorat war es ruhig, auch in seinem vierten Jahre noch: Die Wirtschaft schuf kraftvoll für den Sieg und kein

---

[79] Neun Personen wurden hingerichtet und 1200 Studenten in ein KZ eingeliefert.

[80] Im Monatsbericht des SD-Leitabschnittes Prag für Juni 1941 hieß es, daß der Ausbruch des deutsch-sowjetischen Krieges eine ausgesprochene „Freudenstimmung" bei bestimmten Teilen der tschechischen Bevölkerung bewirkt habe. „Wenn auch der zwischen Deutschland und der UdSSR abgeschlossene Nichtangriffspakt eine gewisse Verwirrung brachte, so spielte der große slawische Bruder doch stets die Rolle des Retters vor der Germanisation."

Tscheche mußte aufs Schlachtfeld ziehen. Der Bombenkrieg war unbekannt, Hungersnöte gab es nicht und stets kam von Zeit zu Zeit das Angebot, dem Reiche mit Soldaten beizustehen. Das Volk schien recht zufrieden; man konnte hier schier selig sein, wie mancher neidvoll meinte.

Ein Anschlag auf den Reichsprotektor setzte der trügerischen Stille ein plötzliches unheilvolles Ende: Heydrich wurde schwer verletzt und wenige Tage später starb er.[81] Es herrschte Ausnahmezustand, wochenlang wurde das Land durchkämmt, ohne die Täter zu fassen. Die Erregung war groß und die Angst vor dem Morgen machte sich breit; man wußte, der Staat würde sich rächen. Schreckliche Gerüchte gingen um; jeder Zehnte würde erschossen, drohten sie und ließen die Menschen erstarren, nicht nur die Tschechen - auch im Dorf waren die Leute erschrokken; man kannte sich doch, und hüben wie drüben vom Grenzbach wohnten Verwandte und Kollegen.

Während dieser sorgenvollen Tage geriet ich in Streit mit meiner Olga:

„Das war doch ein Verbrechen", sagte ich von ungefähr, „den Heydrich zu ermorden!"

„Der hat viele umgebracht," versetzte sie sehr kalt, „und mußte dafür zahlen!"

„Es ist Krieg", bemerkte ich, ein wenig hohl von oben her, „und unschuldig waren die wohl nicht!"

„*Ihr* Deutschen seid doch alle gleich;[82] gab sie reichlich gereizt zurück, um dann noch einmal auszuholen: „*Ihr*

---

[81] „Die Nachricht vom Attentat ... wurde von der tschechischen Bevölkerung vielfach mit einer gewissen Genugtuung und Schadenfreude aufgenommen" (Meldungen aus dem Reich, Nr. 287, 28.5.1942).

[82] Diese chauvinistische Auffassung trug vor allem ein Teil des inneren Widerstandes und die Exilregierung des Dr. Beneš in die Bevölkerung.

habt *uns* seit jeher unterdrückt und immer mußten wir *uns* wehren!"

„Wer hat *uns* das denn vorgemacht, gerade in den letzten 20 Jahren?" - der Widerspruch ließ mich das sagen.

Olga aber schluchzte: „Zwei Dörfer habt *ihr* ausgelöscht, und hunderte von Leuten!"[83]

Ich wußte nichts davon, und schrie empört: „Das kann nicht sein, hier hetzen Beneš-Leute!"[84]

Olga aber höhnte: „'Sei stolz, daß du ein Deutscher bist!'; hängt das Plakat nicht immer noch bei Rixter?"

Das schlimme Gespräch tat uns sehr leid und wir suchten zu vergessen. Doch ein fremdes kaltes „*ihr*" und „*wir*" hatte sich zwischen uns gedrängt, und beide blieben wir verwundet.

xxx

Je länger sich der Krieg hinzog, desto rascher schnellten die Verluste schrecklich in die Höhe. Die Zeitungen waren voll davon, wie Leichentücher sahen ihre Seiten aus, aus Kreuzen gewebt und ungezählten Namen. Mit jedem Tag nahmen sie zu, und wie sie wuchsen schrumpften Heirat und Geburten. Auch von meinen Cousinen hörte ich kein Lachen, nur der Kummer trieb sie noch umher und die mir nächste war schon ohne Mann.[85]

---

[83] Lidice und Ležáki.
[84] Der Staatspräsident, Dr. Hácha, bezeichnete in seiner Rundfunkrede vom 30.5.1942 seinen Vorgänger, Dr.Beneš, „als Feind Nr.1 des tschechischen Volkes"; seitens der Protektoratsregierung wurden für die Ergreifung der Attentäter 10 Mio Kronen ausgesetzt.
[85] Die Anzahl der Kriegstoten für das Sudetenland wurde schon 1942 - nach nationalsozialistischen Quellen - auf 200000 geschätzt (Leopold Grünwald, Sudetendeutscher Widerstand gegen Hitler, I, S. 68).

Als Stalingrad hereinbrach hielten die Menschen einander fest, um nicht alleinzusein in ihrem Entsetzen. Eine ganze stolze Armee war nicht mehr, gefallen, erfroren, verhungert im Schnee.[86] Das ganze Dorf bangte um seine Männer, die Tschechen eingeschlossen. Es war überhaupt eine böse Zeit: Afrika ging verloren und Italien als Bundesgenosse; die Bomber griffen schon tagsüber an und ständig wurde die Front begradigt. Erfolge gab es kaum noch, doch umsomehr wurde vom fernen Endsieg gesprochen, über Wunderwaffen und den „totalen Krieg"[87], um Deutschland zu erretten. Die Truppen aber wichen zurück, das Hinterland war müde und längst des Krieges überdrüssig.[88] Schon gab es die „Zweite Front[89] und bald auch wurde auf deutschem Boden gekämpft.

Just als mich Mutter wieder einmal ins Gebet nahm: „Ihr seid euch wahrlich lang' genug versprochen, wann soll nun endlich Hochzeit sein", besuchte uns der Ortsgruppenleiter. Langsam nur durchquerte er den Garten und je näher er dem Hause trat, umso kürzer wurden seine Schritte. Es mochte wohl nichts Gutes sein, woran er so schwer und zögernd trug:

„Ist es denn ernst mit Olga?", wollte er von mir und meinen Eltern wissen.

„Die zwei verstehen sich sehr gut", so zufrieden meine Mutter, „nur binden mag sich der Junge nicht!"

„Ich verstehe das sehr gut", urteilte hölzern unser Gast, „das könnte unserem Blute schaden!"

---

[86] Die deutsche Kapitulation erfolgte am 31.1. bzw. 2.2.1943.
[87] Goebbels am 18.2.1943 im Berliner Sportpalast.
[88] Kaltenbrunner: „Es fehlt am Glauben an den Endsieg" (Meldungen aus dem Reich, Nr. 56, vom 6.5.1943).
[89] 6.6.1944: Landung der westlichen Alliierten in der Normandie.

Vater aber meinte ärgerlich, „Erwin, du hast nun deine Pflicht getan; jetzt wollen wir zur Sache reden!" Er begann nun seinerseits zu fragen, was daran denn Besonderes wäre, an einer Ehe zwischen Nachbarn:[90]

„Die Olga muß eindeutschungsfähig sein ..."

„... hat sie denn nicht ein edles nordisches Profil?"

„Sie soll sich dem Reich verbunden fühlen ..."

„... sie ist es schon zu unserm Sohn!"

„Die Kinder sollen in die deutsche Schule gehen ..."

„... im Dorfe gibt es nur die eine!"

„Spricht Olga auch ein gutes Deutsch?"

Vater wurde sachte böse: „Meinst du nicht auch, die Tschechen waren klüger? ..."[91]

„... Ja, wir aber müssen strenger sein; der Führer hat's befohlen!"

Das Gespräch war zu Ende und alle waren wir zufrieden; die Partei würde wohl den Segen geben. Olga aber war gekränkt, als ich ein wenig nur davon erzählte, und kam sich wie gehandelt vor. Doch auch von tschechischer Seite hörte sie häßliche Worte: „Willst dich wohl 'umvolken' lassen", fragte man, und schimpfte sie gar 'Verräterin!'

xxx

Kurz vor Kriegschluß wurde ich eingezogen. Olga begleitete mich, soweit ihr das nur möglich war, und erst in der Kreisstadt mußten wir uns trennen. Sie wollte so gar nicht von mir lassen; wir wurden schon gerügt, doch immer

---

[90] Vertraulicher Runderlaß des Reichsministeriums des Innern und des Reichsprotektors in Böhmen und Mähren vom 3.4.1941 über gemischte Ehen.
[91] Mischehen zwischen Tschechen und Deutschen wurden als Mittel der Assimilation eher gefördert denn behindert.

noch hielt sie mich fest und flüsterte fast flehentlich: „Jetzt sind wohl alle gegen uns, die Deutschen wie die Tschechen - was soll nur mit mir werden?" Mir aber wurde herrlich warm und ich fühlte glückhaft ihre Liebe. „Die Olga hat dich gern", ging es mir heiter durch den Sinn, und dachte erschrocken doch im Augenblick: „Ob sie wohl auch so stark mag sein im Hassen?"

Der Zug setzte sich in Bewegung, und mit Olgas letztem Winken wurde es öd und leer in mir, als wäre mein Geist in Sedlowitz geblieben. Ich war verstört und fuhr bedrückt ins Ungewisse, zu kämpfen für ein Land, dem Olga zutiefst feindlich war.

Nur Wochen später stand ich bereits im Ersten Graben. Einige Briefe erreichten mich hier noch, von Sehnsucht ganz erfüllt und überreich an liebevollen Küssen. Dann verließ mich auch schon mein Soldatenglück - ein Panzer rollte auf mich zu, über meinem Schützenloch drehte er, mich wie Ungeziefer zu zerquetschen.

xxx

Erwacht aus meinem Fieberwahn fand ich mich in einem großen unbekannten Saal. In langen Reihen, rechts und links von mir lagen gleich mir Soldaten. An meiner Seite ein frisches Sträußchen - von wem wohl bloß die Blumen stammten?

Eine Schwester trat zu meinem Lager und lächelte mir gütig zu. „Gott muß Euch sehr geholfen haben", sprach sie beinahe flüsternd, „wir meinten schon, Ihr würdet von uns gehen - wollen wir gemeinsam beten?"

Ich war also in einem Lazarett. Die Schrecken klangen hier allmählich aus oder löschten letzte Hoffnung. Schon war Frieden, und doch kam als Gast beständig noch der Tod, sich späten Tribut zu holen. Ich aber genas und doch drückten mich die Sorgen. Ich wußte nichts von Eltern und Geschwistern und keine Nachricht fand zu mir aus meinem Dorf. Immer öfter auch dachte ich an Olga. Mir fehlte ihr Lächeln, der schelmische Augenaufschlag und ihr herzliches Wesen, das uns seit jeher verband. Schon beim Nennen ihres Namens zuckte ich zusammen, obzwar es einer Fremden galt. Ich lauschte nach dem Klange der vertrauten Stimme und hoffte auf ihren leichten Schritt; alles wurde mir verklärt, was irgend ihr nur nahestand.

Allmählich drangen Gerüchte in meine Abgeschiedenheit: „In den Sudeten wäre Krieg, schlimmer, als ich das wüßte von der Front; nie Erdachtes würde dort geschehen!"[92] Wochen später erfuhr ich mehr, ein Freund besuchte mich und nun erst hörte ich von dem, was sich in jüngster Zeit „zu Hause" zugetragen hatte:

„Es war Frühling und der Krieg kam näher, als wollte er sein Ende bei uns finden: Überall wurden Sperren gebaut - aus Baumstämmen meist - die russischen Panzer aufzuhalten. Die älteren Männer erhielten Waffen, die größeren Jungen auch und dazu so etwas wie Uniform. Immer noch wurde gesammelt, Bettwäsche und Tischdecken vor allem, den Verwundeten zu helfen. Überall klebten grelle Plakate: 'Kein zweites 1918', schrien sie, oder 'Soldaten, kämpft, erschießt feige Kommandeure!'[93]

---

[92] Agent provocateur in Rundfunkaufrufen des Prager Senders, die am 5.5.1945 begannen: „Tötet die Deutschen, wo immer ihr sie findet!" und „Jeder Deutsche ist unser Todfeind. Kein Mitleid mit Kindern, Frauen und Alten! Tötet jeden Deutschen - rottet sie aus!" (Günter Karweina, Prag, die blutige Stadt, Neue Illustrierte Köln, 1.11.1958, S.49-59).

[93] Gauleiter Henlein erklärte am 20.5.1944 in Reichenberg: daß „im Ernstfall jedes deutsche Haus eine Festung, jede Dachluke eine Schießscharte und jedes Gärtchen eine Tankfalle sein müsse". (Wenzel Jaksch, aaO, S. 400).

Am 30. April 'fiel der Führer an der Spitze seiner Truppen'. Sein Nachfolger[94] sprach nicht mehr vom 'Sieg', nur 'retten' wollte er noch, 'was zu retten war.'

Eine reichliche Woche später rief uns der Bürgermeister zusammen. Seine letzte Bekanntmachung gab er mündlich; sie war sehr kurz, doch folgenschwer: 'Deutschland hat bedingungslos kapituliert'; damit verabschiedete er sich und wünschte alles Gute. Bedrückt und ratlos zog sich ein jeder zurück. Wieder blieben wir uns selbst überlassen, wie schon einmal, vor reichlich 25 Jahren ... .

Abends besuchten uns die tschechischen Nachbarn, die Eltern zu beruhigen (ähnlich, wie auch die das einmal hielten). 'Alles wird gut', trösteten sie, und fanden sogar noch ein Lächeln; 'Hoši, z vandru domů!', habe der Sender gesagt, 'Burschen, kehrt von der Wanderschaft heim!'[95]

Die tschechischen Nachbarorte waren jetzt voll ausgelassener Stimmung, ein jeder Tag wurde zum Fest. Auch nachts blieb alles hell erleuchtet, Musik und Stimmen drangen laut von dort und Leuchtraketen stiegen immer wieder farbig in den Himmel. Wo aber Deutsche wohnten herrschte Stille, die Menschen mieden Lärm und Licht, als wäre noch Krieg und alles Leben weiterhin verdunkelt. Ein schreckliches Verhängnis lag würgend in der Luft und nichts vermochte sie vor ihm zu schützen, weder Dach noch Arm und selbst die Felsen taugten dazu nicht."

---

[94] Karl Dönitz, Großadmiral.
[95] Gemeint ist der in Moskau stationierte „Sudetendeutsche Freiheitssender" (In Anlehnung an Leopold Grünwald, Sudetendeutscher Widerstand gegen Hitler, Fides-Verlagsgesellschaft München, München 1978, S.69).

Und was mit Olga wäre, wollte ich endlich ungeduldig wissen - 'Sie ist einem Studenten zugetan, und weiß nichts mehr von einem Deutschen.'[96]

Auch meine Seele wurde krank: Ich sah mich im Schlafe heimwärts wandern, mit Blumen im Arm und Ringen fürs Fest. Wirre Gedanken begleiteten mich: Wie wird Olga zu mir stehen; werde ich liebe Worte hören - gehört sie schon einem andern an? Mich schauderte; entsetzt hielt ich im Eilen inne, wozu denn nur mein Weiterziehen? „Wo gehst du denn hin", fragte ich mich, „ist dir die Zukunft nicht zerronnen, blieb dir mehr als nur ein Traum zurück, willst du auch den dir noch zerstören?" Wieder griff das Fieber nach mir und der Panzer trieb mich vor sich her, obwohl ich doch längst ohne Waffe war. Schon ganz ohne Kraft ergab ich mich und suchte länger nicht zu flüchten, nur vergehen wollte ich und niemals mehr erwachen.

Nach dem Dank folgte wie üblich eine kleine Unterhaltung:

„Das war eine entsetzlich harte Zeit ... „

„... sie blieb es lange noch!"

„Trotzdem wurde wieder Mut gefaßt ... „

„... und aufs neue angepackt ... „

„Die Not trieb uns voran, ... „

„der alte Pioniergeist lebte auf ... „

„wohl zum letzten Male ..."

---

[96] Nach seiner Rückkehr aus dem Londoner Exil erklärte Beneš am 16.5.1945 in Prag: „Unser Wahlspruch wird sein, daß wir unser Land von allem Deutschen, kulturell, wirtschaftlich und politisch, reinigen müssen" (Wenzel Jaksch, aaO, S.427).

„Wie das?"

„Vielleicht weil's uns schon nicht mehr gibt ... „

„Noch sind wir drei Millionen!"

„Allein die Zahlen tun es nicht."

„Du meinst, wir sind am Sterben?"

„Geben wir uns nicht selber auf?"

„Als ob wir anders leben könnten! ... "

„ ... und wir uns nicht versteh'n zu wehren!"

„Die Zukunft wird's uns lehren!"

Unser Gastgeber war besorgt; das Gespräch hatte vom Ziele weggeführt und schnell ergriff er wieder den bewußten roten Faden: „Diese schlimmen Jahre erlebte ich im Osten. Auch bei uns wurde aufgebaut, wenn auch in gänzlich anderer Weise. Und als es dann zur Niederlage kam, blieb wieder nichts wie langgewohnt und oft auch liebgewonnen. Wollt ihr ein wenig davon hören?" - Wir wollten:

**Man träumte von einer Sache,
aber das Leben zwang einen,
etwas anders zu tun.**

Sauschin

6. Kapitel

Noch einmal Soldat

Ich hatte den Facharbeiterbrief in der Tasche und sollte studieren; mein Betrieb wollte mich zur ABF[97] schicken. Mir schien die Zukunft ein offenes Buch. Ein gerader Weg tat sich vor mir auf und ließ mich von großen Erwartungen träumen.

Eines Tages aber wurde ich aus meinem Luftschloß vertrieben, vor eine Kommission geholt und gefragt, ob ich mich nicht erkenntlich zeigen wolle? „Schon als junger Mann erhältst du gleichen Lohn für gleiche Arbeit, darfst mit achtzehn wählen und bald sollst du auch zu unserer Intelligenz gehören. Willst du denn nicht, daß es dabei auch bleibt?"

Ich war mißtrauisch, die schlimme Vergangenheit war noch nah und so verhielt ich mich abweisend; Soldat wollte ich nicht werden. Meine lästigen Gesprächspartner aber blieben hartnäckig, sie kamen wieder und fanden Worte, die eingängig waren: „Wir müssen uns endlich mit den Nachbarn vertragen", sagten sie, „zwei Weltkriege sind genug, einen dritten darf es nicht geben" und mehr

---

[97] ABF = Arbeiter- und Bauernfakultäten: In der DDR seit 1949 bestehende Vorstudieneinrichtungen für Arbeiter- und Bauernkinder an Universitäten und Hochschulen; ab 1961 schrittweise aufgelöst.

Gedanken dieser Art, einfach und berührend. „Dabei sollst du uns helfen!"

Ich schwankte. In meiner Unsicherheit befragte ich mich, auch bei meinen Kollegen. Meist wandte ich mich an die älteren, erfahrenen; fast alle waren sie Soldat gewesen.

Die häufigste Antwort sprach einer aus, der erst dem Kaiser dienen mußte und später „Führer, Volk und Vaterland"; sie gefiel mir am besten: „Sollen doch die Großen ihren Streit unter sich austragen. Mögen sie starke Knüppel nehmen und kräftig dreinschlagen; unsere Sache ist das nicht!"

Einer dachte nur sehr kurzsichtig und oberflächlich; seine Meinung war nicht brauchbar: „Ich wurde verpflegt und abends hatte ich mein Bier; wer parierte, dem ging's nicht schlecht. Melde dich zum Barras, dort kannst du sparen und kommst du zurück, hängen deine Klamotten noch immer sauber im Schrank!"

Ein dritter stellte mir barsch und bündig die Gegenfrage, zum Nachdenken, wie er sagte: „Du bist doch 'Umsiedler', willst wohl deinen Rausschmiß verteidigen!?"

Mein ehemaliger Deutschlehrer wieder zitierte einige Goetheverse, das war seine Art zu antworten: „Manches Herrliche der Welt ist in Krieg und Streit zerronnen; wer beschützet und erhält, hat das schönste Los gewonnen." Freilich, „Unsre holden, jungen Krieger schützen hübsche Mädchen lieber" und lächelnd dann entließ er mich.

Auch ein Erlebnis gab mir Antwort, weit tiefer, als das mit Worten möglich war: Gemeinsam mit einem älteren Kollegen war ich auf einen flüchtigen Bekannten gestoßen, einen noch recht jungen Mann, der seine Tage im Rollstuhl verbringen mußte. Stets einsam, war er für diesmal in Begleitung - ein Hund unbestimmter Rasse folgte seinem traurigen Gefährt. Das Tier aber war seinem Herrn noch nicht ergeben, und schon beim Anblick des ersten Artgenossen riß es sich von der schwachen Schnur, dem Samariterdasein zu entweichen.

Vergebens suchte der Kranke den Freund erneut sich zu gewinnen. Zwischen jagenden Hunden und gaffenden Leuten kämpfte er verbissen um ein wenig Glück. Sein unverständliches Rufen aber blieb ungehört und einige mühselig-stakende Schritte erschöpften ihn völlig; Enttäuschung und Hilflosigkeit stießen ihn endlich in schreckliche Panik. „Das alles bringt der Krieg mit sich", sprach böse mein Begleiter, „auf den wirst du bald vorbereitet!"

Noch immer war ich zu keiner Entscheidung gekommen und nur eines hatte ich verstehen gelernt: die Hochschule gab es nicht umsonst, ihr Preis steckte im Militärdienst.

Innerlich zerrissen wandte ich mich an meine Mutter. Sie war meine letzte Instanz in allen Dingen und ihr vertraute ich so ganz und gar. Der Krieg hatte sie Schreckliches erdulden lassen, sie haßte jede Barbarei und erblickte in der neuen Ordnung eine hoffnungsvolle Zukunft. Ich erhielt ihre schweigende Zustimmung. „Geh, sei tapfer, mein Junge, nie darf sich das Elend wiederholen", so sprach sie zu mir ohne Worte. Ihr stilles Weinen lag mir schwer auf der Seele. Ich wußte, sie würde nun sehr einsam sein.

Zu der mir bestimmten Zeit machte ich mich auf den Weg zur Kaserne; ich folgte meinem ersten Befehl, der Einberufung. Meine Straße führte durch ein Meer hohen Roggens, mit Kornblumen durchsetzt und rotem Mohn an ihren Rändern. Hie und da äugte ein Reh über die Halme, von den nahen Hängen tönte Kuckucksruf und hoch über mir kreiste der Bussard, als gehöre die Welt allein ihm. Eine Wandergruppe kam mir entgegen, Jungen und Mädchen in

meinem Alter. Fröhlich luden sie mich ein, sich ihnen an-
zuschließen.

Arg im Zweifel mit meinem Tun trat ich durch das Tor des
alten Gemäuers und traf auf meinesgleichen. Niemand
aber kümmerte sich ernstlich um uns und der Tag verstrich
mit sinnlosem Warten. Die Stimmung wurde schlecht; es
gab nur ein Gesprächsthema: „Wie kommen wir bloß wieder weg!"

Die Heuchler erklärten, sie möchten gerne dienen, das
wäre Pflicht eines jeden. Ihre Gesundheit aber sei schwach
und würde sich weiter verschlimmern. Vielleicht könnten
sie gerade noch Innendienst leisten? - aber auch das wäre
nicht möglich, denn ihren Nächsten ginge es schlecht und
ihnen zu helfen hätten sie doch. Die zweite Gruppe nutzte
die Erfahrungen vorheriger Generationen und kam ohne
Umschweife zur Sache. Im letzten Trüppchen nur fanden
sich die wenigen, die bleiben wollten. Es war das kleinste
und ich gehörte zu ihm.

Ich war nun ständig beschäftigt - wie das so ist beim Militär - und fühlte mich dennoch nicht ausgefüllt. In Unruhe
verstrich mir die Zeit. Ich wollte noch immer studieren,
und war doch für Jahre gebunden; wie sollte ich nur den
Anschluß gewinnen? Der Kompaniechef verstand meine
Sorge: „Die Welt ist nicht besser geworden", sprach er zu
mir, „bleib' bei uns, auch wir haben Schulen!"

Ich hielt mich an seinen Rat, wurde Offizier und war stolz
darauf, als erster meiner Familie die endlos vererbte Folge
durchbrochen zu haben, im letzten Glied stehen zu müssen. Mir war, als würden das auch meine geschundenen
Vorfahren gutheißen: „Du bist an der Reihe, tritt vor, und
enttäusche uns nicht!"

Die neue Würde aber war schwer, ganz anders, als der Soldat sie vordem sah. Die Forderungen wuchsen ständig, die Gefechtsbereitschaft stand im Mittelpunkt und der Arbeitstag blieb von unbegrenzter Dauer. Aber auch die seelische Belastung war sehr hoch. Wie ein Alptraum lag die Gefahr über dem Land, der Kalte Krieg könnte in den heissen umschlagen. Vielen steckte die Sorge in den Gliedern, Korea und Vietnam würden sich in Deutschland wiederholen.

Im Grunde genommen lebte der Offizier nur seinen Pflichten, von der Außenwelt verhältnismäßig isoliert, einem streng gehaltenen Ordensmann nicht unähnlich. „Es darf nicht mehr zum Kriege kommen", sagte man ihm, und er empfand dieses Wort als lohnendes Ziel und stimmte ihm zu, denn es war ja der eigene Grund seines Handelns. „Aber dafür mußt du mehr leisten", wurde verlangt, und auch das fand er ganz selbstverständlich.

Wer unter diesen Umständen nicht ein Gutteil Opferbereitschaft mitbrachte, konnte die Belastung auf Dauer nicht ertragen. Für Karrieristen blieb kein Platz. Das nominell gute Gehalt ließ keinen Ausgleich für die geforderte Leistung zu und ganz gewiß taugte es nicht zur Verlockung.

xxx

Als Leutnant kam ich in ein Regiment, überschüttet gleich mit ungewohnten Pflichten. Der Dienst war streng, rauh außerdem und verlangte alle Kräfte. Der Ehrgeiz aber trieb mich an und was die Armee nicht von mir nahm, das gab ich selber willig hin. Nur um mein Mädchen sorgte ich mich wenig und mit der Zeit fast gar nicht mehr. Sie aber war mit dieser Kälte unzufrieden, wie sich ein jeder denken kann. Sachte kamen ihr erste Zweifel auf „warum schreibt er mir denn nicht - bin ich ihm nicht mehr gut genug?" Bald saß das schlimme Wort „Verrat" in ihrem

Sinn und „was wohl die Leute sagen!" So ging das fort und als sich allein Enttäuschung und verletzter Stolz in ihre Seele teilten ging sie gleich einem Schatten weg, mich immerdar zu meiden.

Ich fühlte mich verlassen und litt darunter umso mehr, je stärker ihr Verlust mir ins Bewußtsein trat. Mein Schuldgefühl und stetig stärker noch die Liebe fanden sich zusammen; gemeinsam fraßen sie an mir und ließen mich zum Griesgram und Einzelgänger werden. Ich übertrieb es wohl damit und wurde darum auch zum Kommandeur befohlen: Ein Offizier gehört in die Gesellschaft, bekam ich da zu hören, und mein Eremitendasein dürfe nicht zum Dauerzustand werden. Auch ginge es auf Zeit nicht gut, sich nur im Dienste festzubeißen.

Um mich von meiner Trübsal wegzuführen, erhielt ich einen Hauptmann beigegeben, geschieden und des Alleinseins müde, weshalb ihn wohl der rare Auftrag reizte. Leutnant, sprach er zu mir, jetzt müssen wir zusammenhalten, vielleicht können wir uns beide auskurieren.

Ab und an mußte ich mit zum Tanze gehen - und fand doch keine Freude daran, so daß ich ihm langweilig wurde. Wenn mich aber der Kummer gar zu arg überfiel, tranken wir wohl auch ein Glas zuviel und zogen weinselig nach Hause.

An einem dieser Tage meinte scherzhaft mein Beschützer: „Mit der Liebe ist es bei uns etwas schwierig; ich weiß das, denn ich hielt es ähnlich dir. Und nicht zu Unrecht mußte ich oft hören: „Nichts kann man planen oder tun, stets steht deine Armee dazwischen!'"

Ich schwieg, erschrocken durch den Überfall.

„Such sie", sprach er verstehend weiter, „ein bißchen Hoffnung blieb gewiß!"

„Woher nehme ich das Recht dazu, ihr nochmals in den Weg zu treten?"

„Dein Mädchen hat wohl gleiche Schmerzen; hast du noch nicht daran gedacht?

„Was aber, wenn ihr Tun gut überlegt war?"

„Willst du dich endlich regen!"

Ich hörte auf den klugen Mann, wohl weil ich es selber wollte. Auch beide Mütter freuten sich und sagten froh zu den Verwandten: „Nun wird der Junge doch vernünftig!"

Für Irina, das Großstadtkind, war vieles neu und oft recht schwierig: Mein Standort zählte zu den abgelegenen; er lag in der Taiga, wie man spöttisch fand, ringsum nur Kiefern, Sand und Wasser. Auf engem Raum war eine Division versammelt, ein Truppenteil neben dem anderen, Übungs- und Schießplätze dazwischen. Das Leben wurde durch das Militär bestimmt und so fand sie alles grau in grau, die Landschaft, Soldaten, Kasernen und Straßen. Das ländliche Umfeld war ihr fremd, das meine auch, die Einwohner sprachen meist nur platt und so fühlte sie sich manchmal wie im Ausland.

Der erste Alarm traf sie wie ein Donnerkeil: Ein Nebelhorn heulte durchdringend und schauerlich durch das nachtschlafende Haus; „Volle Gefechtsbereitschaft!", schrie es. Darauf Türenschlagen, Stimmengewirr, Getrappel auf Treppen und Fluren; erste Panzergeräusche. Am wenigsten aber konnte sie verstehen, daß ich zur Pistole griff und sehr eilig von ihr weglief.

xxx

Unsere Übungen und Manöver waren kriegsnah angelegt und wurden, ohne eine operative Pause oder neutrale Zeit zu gewähren, entschlossen durchgespielt. Ihre Ausgangslagen unterschieden sich kaum von der auf der Gegenseite üblichen. Wie auch dort wurden sie so beschrieben, daß die Schuld zweifelsfrei stets feindwärts lag.

Häufig handelten wir gemeinsam mit Stäben und Truppen der Sowjetarmee. Unsere Leistungen fanden Anerkennung, gleichgültig, in wessen Hand die Führung lag. Die sowjetischen Offiziere schrieben uns Einsatzwillen, Exaktheit, Organisationsvermögen und mehr Tugenden zu und glaubten auch sonst viel Lobenswertes zu sehen. „Ihr Deutschen seid gut", sagten sie, und kritisierten scherzhaft unseren Ernst, „aber ihr arbeitet auf Verschleiß und nach einer Woche fallt ihr um."

Größere Handlungen endeten häufig mit der Anwendung von Kernwaffen, ihrem erst punktmäßigen, später massierten Einsatz; der Gegner begann, die eigenen Truppen antworteten; so hielten es beide Kontrahenten: die Karte war übersät mit Atompilzen und Kt-Zahlen ungeheuerlicher Größe;[98] jeder Vergleich mit den 'Japan-Bomben' wurde müßig. Chemische und bakteriologische Überfälle kamen hinzu und entsprechend schrecklich zeigten sich die angenommenen Folgen: Hochgradig befallenes Gelände, radioaktive Barrieren, Trümmer, unpassierbare Transportwege und ausgedehnte Flächenbrände erschwerten jede Bewegung oder machten sie unmöglich. Die Stromversorgung brach zusammen, Wasser und Lebensmittel waren ungenießbar, keine Nachrichtenverbindung funktionierte mehr, selbst die Luft taugte nicht zum Atmen. Mit überfülltem Sanitätstransport und Gefechtsfahrzeugen wurden die Geschädigten zu den Verbandsplätzen gebracht, meisterhaft geschminkt, entsetzlich anzusehen. Nur noch kurze Zeit hätten sie zu leben gehabt, bis sie und wir alle dem Strahlentod erlegen wären.

---

[98] Kt = Kilotonne; bei der Kernwaffendetonation freigesetzte Energie, umgerechnet in Trinitrotoluol.

Nach diesem ersten Inferno wurden die Übungen abgebrochen, bei rot wie blau.[99] Warum - waren Schäden und Verluste gar zu hoch, ließ sich die Lage nicht mehr beherrschen; gab es denn keine Zukunft mehr, schon jetzt, wo es doch eigentlich nur um eine Episode ging?

Der Offizier, der sich in das furchtbare Bild des Krieges am ehesten hineinzudenken vermochte, war mehr als andere besorgt. Er konnte sich annähernd vorstellen, wie die Seiten mit modernster Technik aufeinander einschlagen würden, sich ohne Gnade zu vernichten; sah den endlosen Zug der Gesunden zur Front und den der Zerschossenen und Zerhackten zurück aus dem Fleischwolf. Bestürzt fragte er sich, was wohl mit der ungeschützten Zivilbevölkerung geschehen würde, ihren Kranken und Verletzten und den von Seuchen Betroffenen, sollte der Wahnsinn wirklich obsiegen.

Bei derlei Gedanken kam mir ein Soldatengrab in den Sinn, irgendwo hatte ich es gesehen, es gab ihrer ja so viele: Die Toten ruhten in bescheidenen flachen, von Efeu überzogenen Rechtecken, eingehüllt in herbstliches Laub; eine kriegsstarke Kompanie mochte es sein, Soldaten und Offiziere, die ewige Rast hielt. Aus der Mitte der einförmigen Hügel aber erhob sich ein prächtiges Denkmal aus rotem Granit, mit goldenen Lettern geziert. Das aber galt Kindern, und auf der weiten Fläche am Fuße des glänzenden Steines lag Spielzeug, altes unansehnliches schon, und immer wieder neues.

xxx

Übungen lassen den gewohnten Lebensrythmus unterbrechen; der Arbeitstag zählt 24 Stunden und der Unter-

---

[99] Kennzeichnung der Seiten:
      rot - eigene
      blau - Gegner.

schied zwischen Tag und Nacht verliert sich. Die Kräfte sind erschöpft, der Kopf beginnt bereits zu schmerzen und auch das Denken fällt schon schwer.

Als ich einmal zwischen Schlaf und Wachen nicht mehr unterscheiden konnte, fiel mein Blick auf eine Gruppe kleiner Jungen. Aus meinem Nebel heraus sah ich sie klar in einem Garten spielen, durch niemand kommandiert, nur für sich allein zu eigenem Vergnügen. Ich wurde neidisch, ohne es zu wollen. „Nur eine Stunde", wünschte ich, „ein Kind zu sein."

Man ermannt sich aber wieder, und gerade jetzt nimmt der geschwächte Geist Eindrücke auf, die unauslöschlich bleiben; als würden sie ein Hoffnungsschimmer sein:

Aus dem dämmrigen Dunkel des Waldes schimmert ein kleiner verschwiegener See mit schaukelnden Booten am schilfigen Ufer und tiefer Stille ringsum, als wäre schon immerwährender Frieden;

die Allee alter Bäume wird zum unendlichen Dom, wie von Kerzen erleuchtet im Scheinwerferlicht;

der Winter schenkt den Märchenwald, wie eine Kinderweihnacht schön, jedes Zweiglein eine glitzernde Gabe. Im Sommer aber duftet es berauschend nach Gras und frischem Heu. Die Bauern gehen geruhsam ihrem Tagwerk nach und ist es Abend, sitzen sie behäbig vor ihren Gehöften, die Jugend flaniert durch das Dorf und aus dem Krug dringt fröhlicher Lärm. Doch wir rollen meist nachts, wenn uns kein Gruß mehr erreicht. Nur traulicher Lichtschein aus Häusern und Höfen geleitet noch durch den Ort, die Sehnsucht erweckend nach dem eigenen Herd. Man möchte so gerne verweilen, doch ruhelos fahren wir dem „Gegner" entgegen, seiner „Aggression" zu wehren.

xxx

Auf diese Weise flossen die Jahre eilig dahin, stets bestimmt durch das politische Geschehen und beständig auf dem Sprung dabei. Meine Dienstzeit blieb lang und unregelmäßig, nur zu oft holte mich des nachts ein Tarnwort weg. In Krisenzeiten aber sah mich Irina wochenlang nicht, ohne zu wissen, wo ich mich aufhielt. Allein mit den Kindern fürchtete sie Schlimmes, die Lage war angespannt und voll Sorge wünschte sie innig, es möchte sich alles zum Guten wenden.

Auch sie war viel unterwegs und so fand ich oft die Wohnung leer und nur ein Brief lag am vereinbarten Platze. Rasch las ich die letzten Neuigkeiten und ging darauf zur Nachbarin, Kinder und Katze zu holen. Gelegentlich fragte mich ihr Mann dabei: „Sag mal, wann willst du denn leben. Du kannst doch nicht beständig Wachhund sein; wirst du dabei nicht müde?

Die Umstände brachten es mit sich, daß ich Irina vieles aufbürdete, was gemeinhin als Männersache gilt. Und weil sie alles schaffte, so bewunderte ich sie aufs erste, dann aber gewöhnte ich mich gern daran, bis mir schließlich ihre Arbeit selbstverständlich wurde.

Während ich wieder einmal abwesend war, bot sich eine gute Wohnung für uns an. Frau Irina handelte entschlossen und war, gewohnt alles allein erledigen zu müssen, kurzerhand umgezogen. Von alledem wußte ich nichts. Ich hatte meine Aufgabe gelöst und kehrte zufrieden zurück; am späten Abend war ich zu Hause. In der Diele zog ich Jacke und Stiefel aus und trat leise in das Wohnzimmer, die Meinen zu überraschen. Welch böses Erstaunen: die Kinder waren ausgetauscht, ich erkannte meine Möbel nicht, ein fremder Mann war auch schon da und nur der Schlüssel paßte.

Die häufigen Umzüge waren gefürchtet; sie waren mühevoll und zerrissen stets aufs neue die persönliche Umwelt. Ihr Schema blieb fast immer das gleiche:

Der Mann soll versetzt werden. Darüber unterhält er sich mit seiner Frau und habe beide zu einer Meinung gefunden, beraten sie mit den Kindern. Dem Vorhaben wird nun zugestimmt, auch wenn der Nachwuchs murrt und ein wenig spitz gern wissen möchte, 'ob es für ihn so etwas wie einen Heimatort gäbe.' Eigentlich aber ist der ganze Aufwand so ziemlich unnötig, denn dem Dienst kommt der Vorrang zu und Nadel und Faden vergleichbar begleitet die Familie doch ihren Soldaten.

Zunächst aber geht der Hausherr an seinen neuen Einsatzort. Er lebt in einem Wohnheim; manchmal kommt er besuchsweise nach Hause.

Die Frau geht ihrem Beruf nach, führt den Haushalt, sorgt sich um die Kinder und tausend große und kleine Dinge. Nur auf sich gestellt ist sie überfordert, wird nervös und gereizt.

Der Mann arbeitet sich ein und jagt einer Wohnung nach. Auch er ist unzufrieden.

Inzwischen ist aber viel Zeit vergangen, ein Jahr vielleicht oder gar mehr und noch immer wird getrennt gelebt. Fast unmerklich haben sich Probleme angesammelt und mit ihnen auch der Unmut.

Endlich doch die neue Wohnung, wenn auch nicht nach Maß und Wunsch. Ihre Einrichtung beginnt und dauert endlos, denn das Angebot ist mager.

Die Kinder müssen wieder ihren Platz finden. Für die Frau wird eine Arbeitsstelle gesucht, tunlichst eine passende. Ist ihre Qualifikation hoch, kann es schwierig werden.

Auf bisherige Annehmlichkeiten - etwa Garten oder Garage - muß vorläufig verzichtet werden, nicht selten auf Dauer.

Der Mann soll versetzt werden ...

Darüber kam es manchmal schon zum Streit, der harmlos begann und dennoch zum Ärgernis wurde. So fragte mich einmal listig die Irina: „Sag doch bitte, wie oft wurdest du denn schon versetzt?"

Ich, nichtsahnend, „so ein knappes Dutzendmal, scheint mir's."

„War das für deine Laufbahn günstig?"

„Man könnte es so nennen."

„Ha, mit zehn Jahren Trennung wurdest du bestraft - und glaubtest dich belobigt!"

„Das gehört zum Offizier" (ich war nicht überzeugt von meiner Rede).

„Wie meine Rackerei wohl auch?"

„So gib doch deine Arbeit auf!"

„Bitte nach Wunsch, gleich nenne ich deine künftigen Freuden: Ich bin gepflegt und schone mich und kaufe mir gute Kleider. Nach dem Mittag wird geruht für eine oder zwei Stunden. Ich gehe in das Solarium und wenn ich es schaffe zur Sauna ..."

(sie war gekränkt; hätte ich doch den Schnabel gehalten!).

„... Kommst du nach Haus erwartet dich ein zärtlich mauzendes Kätzchen. Schmeichelnd umschnurre ich meinen Mann und küsse ihm ab seine Sorgen. Wir speisen zur Nacht bei Kerzenschein an zierlich gedecktem Tische. In unseren Gläsern funkelt der Wein ..."

(was für eine spitze Zunge, denke ich).

„ ... Wir werden uns amüsieren und in Gesellschaft gehen; endlich auch Rom und Neapel sehen und den Hl. Vater beim Beten ..."

(sie weiß genau, daß das nicht geht; ich muß ihr die Krallen beschneiden).

„ ... Nun kannst du vergessen das müde Weib mit den zu spät gefärbten Haaren, denn dir ist beschieden eine köstliche Zeit - wovon aber sollen wir leben?"

xxx

Ende der 80er Jahre wollte es gar nicht mehr so recht vorwärts gehen, und nur noch selten stellte der Erfolg sich ein: Das lange vergebliche Warten auf den versprochenen Siegeslauf des Sozialismus hatte Hoffnungen geraubt und müde werden lassen, das Vertrauen war erschüttert und selbst alte Ideale gerieten ins Zwielicht. Die kaum verhüllte Feindschaft der Staatsführung zu „Perestroika" und „Glasnost" bereitete zusätzliche Sorgen, sie verunsicherte und stieß auf Unverständnis. Ein jedes Zusammentreffen mit der Sowjetarmee geriet dadurch zur Peinlichkeit. Der Kapitalismus aber dachte noch nicht an sein „gesetzmäßiges Sterben"; im Gegenteil, geschmeidig bewältigte er seine Probleme und ging gestärkt aus ihnen hervor.

Als im Herbst 1988 die Regierung mit der Kürzung der Rüstungsausgaben begann, stimmte die Armee einhellig zu. Soldaten und Offiziere sahen sich in ihren Anstrengungen bestätigt. „Endlich", so sagten sie, „ein greifbares Ergebnis". Viele meinten auch, es würde nun wieder aufwärts gehen. Die Krise aber war bereits herangereift und ließ auch die Armee nicht mehr aus ihren Fängen.

xxx

Während dieser bewegten Zeit hörte ich von ernsthafter Erkrankung meiner Mutter. Hals über Kopf fuhr ich zu ihr; sie aber war bereits gegangen, ohne ein Wort an mich zu hinterlassen und meinen Dank auf ihre Reise mitzunehmen.

In der bedrückenden Feierlichkeit der Trauerhalle trat mir der gemeinsame Lebensweg vor Augen, manches huschte vorüber, anderes hieß verweilen, eindringlich gerade in dieser Stunde; wir hielten Zwiesprache, lang und innig, und ich hatte vieles vor ihr abzurechnen.

An mein Ohr drang gedämpfte Musik, Bergmannslieder, gespielt von einer kleinen Kapelle. Es war ihr Abschied von der Welt, die Erinnerung an Vater und der letzte Gruß an ihn, den längst Verstorbenen. Ich mußte mich trennen. Noch einmal blickte ich in das liebe Gesicht, es festzuhalten für meine Erdentage. Zärtlich strich ich über das schüttere Haar und liebkoste die erkalteten Hände. Unwillkürlich seufzte ich auf: „Ach, Mutter, ich brauchte deine wärmende Nähe so sehr!" Dennoch, mein dumpfer Schmerz war verflogen: Wir hatten uns ausgesprochen und eine fast heiter-ungezwungene Stimmung hatte sich über mich gelegt, ich meinte, sie nicht enttäuscht zu haben - noch wußte niemand von der nahen Katastrophe.

Stunden später lief ich erneut zum Grab. Ich fand den Totengräber bei den letzten Handgriffen, die ihm sein Beruf vorschrieb. Seine Frau stand bei ihm, sie unterhielten sich und lachten. Jetzt erst bemerkte ich den Frühlingstag und sah voll Staunen, wie der Gottesacker im Grün der Büsche und Blütenpracht des Rhododendrons versank. Unweit fand sich ein Liebespaar, sicher nicht von diesem Stern. Es ging Hand in Hand und küßte sich und nichts Pietätloses war dabei.

Der Vortrag war zu Ende und fand wohlwollend Anerkennung. Der Redner aber meinte, ein Dank gebühre wohl zuallererst den Frauen und erhob das Glas auf sie. „Richtig, richtig", stimmten wir ihm zu, „trinken wir auf unsere lieben Kommandeure!"[100]

---

[100] In der NVA war es üblich, daß die Ehefrau symbolisch stets einen Dienstgrad über dem ihres Mannes stand. Ihr wurde damit ein kleiner Dank gesagt.

Von selbst stehe aufrecht - nicht aufrecht gehalten

Marc Aurel, Selbstbetrachtungen

7. Kapitel

Danach

Im Verlaufe meiner langen Dienstzeit erlebte ich den schweren Anfang der Armee und ihren achtungsvollen Höhepunkt. Viele Jahre stolz auf das gelungene Werk mußte ich zuletzt seinen Verfall erleben. Der militärische Ungehorsam machte sich breit, Fahnenfluchten traten auf, Truppenteile brachen auseinander, Kampfkraft und Gefechtsbereitschaft kamen zum Erlöschen. Es kostete Überwindung, den einstmals großen Namen auch nur zu nennen.

Die ersten Vertreter der neuen Macht verhielten sich achtungsvoll zu den Soldaten der untergehenden Truppe - es schien noch Ritterlichkeit zu geben. „Wir waren uns als Gegner gleich", sagten sie, „und so muß man es auch weiter halten. Was sonst wären wir, wenn nicht Barbaren." Es kamen aber auch andere Stimmen auf, dünkelhaft und geringschätzig, böswillig an der Wirklichkeit vorübergehend. Manche tönten sogar aus der Ferne, gleichsam um gefahrlos den Fuß auf den Unterlegenen zu setzen.

Darüber erzählte ich alten Bekannten, erfahrenen Leuten aus meinem Ort. Die aber meinten, das wäre nichts neues, das hätten sie alles schon einmal erlebt: „Achtunddreißig überschwemmte man uns mit allen möglichen Leitern, darunter manchem Taugenichts. Die aber kannten das

Land nicht und seine Bewohner und wußten mit ihnen nicht umzugehen. Eines nur war ihnen von Hause aus klar, daß bei uns alles nur schlecht sein konnte."

Erfuhr ich denn selbst nicht Ähnliches? In der Enge der kleinen DDR wünschte ich mir ein großes Land, etwa wie es die Franzosen haben, mit langer Geschichte und alter Kultur - eine schöne Heimat eben. Und plötzlich war es auch wieder, fast über Nacht, das einige Vaterland, doch wollte es mich nicht mehr haben. Er hat gesündigt, sagten Bruder und Schwester von einst - die doch früher so sehr um mich warben - und nun mag er büßen. Also besser mit ihm in das Abseits, und dort soll er bleiben!

Mein erträumtes Deutschland fand ich nicht, zu viel Krämer und Heuchler versperrten meine romantische Sicht. Ich hatte geirrt in meinen Verwandten, doch trug ich dafür selber die Schuld, ich kannte sie ja schon vom Dorfe: Hier lebten zwei Familien, die mochten sich nicht leiden. Sie haßten sich, und zwar so heftig, daß sie einander Schaden taten; am liebsten hätten sie sich ausgerottet.

So heftig wie der Streit auch war, so machte ihm die Liebe doch ein gutes Ende. Denn zwei junge Leute konnten gar nicht voneinander lassen, drum traten sie vor den Altar und ließen sich zusammenschreiben.

Im Kirchspiel herrschte eitel Freude. Es war ja auch ein schönes Paar - er stark, mit Geld dazu, sie schön und lieb, ein bißchen blaß vielleicht. Die Hochzeit ward zu einem großen Fest, der ganze Ort nahm daran teil, das neue Glück von Herzen hoch zu preisen.

Die Freude währte aber nur sehr kurze Zeit und schon stellte sich der erste Ärger ein. Der Mann riß ihre Habe schnell an sich, als wäre sie längst sein gewesen. Das war nun zwar nicht ehrenhaft, doch daran starb noch nicht die

Liebe. Bald aber kränkte er die Frau weit mehr: „Du lebtest nicht nach meiner Religion", warf er ihr vor, „und hast sie auch heute noch nicht angenommen; beweise deine Reue!" So ging das fort, als sei ihm sein Weib nicht angetraut, weit eher nur ein Beuteteil.

Recht rasch erlosch nun die Begeisterung für die noch kürzlich hochgelobte Ehe. Die Leute nahmen wenig Anteil, manche schimpften über die Querelen, zwei-drei aber rieten gar, „ihr solltet euch besser scheiden!"

xxx

In der Realität aber wurde jetzt die Volksarmee aufgelöst. Die Verwirrung vertiefte sich und der „Anschluß" begann zu wirken und mit ihm so manches, unrühmlich damit Verbundenes: Die Vorgesetzten wurden aus ihren Funktionen gedrängt; viele erbaten auch von sich aus die Papiere, sie hatten innerlich Schaden genommen. Gerade älteren und höheren Offizieren war es häufig zuwider, urplötzlich den Stahlhelm zu wechseln und unter die Fahne einer Armee zu treten, die sich gestern noch als Gegner gab. Das war ehrenrührig und roch nach Landsknechtsart, auch für durchaus demokratisch eingestellte Leute. Auch Jüngere verlangten zu gehen, die weiterzudienen sich vorgenommen hatten. Empfindlich reagierten sie auf Taktlosigkeiten und Mißtrauen der neuen Kameraden; kränkende Zweitrangigkeit und dümmliches Siegesgehabe vertrieben auch sie.

Am meisten verbittert waren die Alten. Das bisherige System hatte sie verraten, durch das neue wurden sie diskriminiert. Ihre Ideale waren nunmehr verpönt und das Lebenswerk zunichte gemacht. Mit den Kräften am Ende gelang ihnen kein neues Beginnen.

xxx

Während dieser unruhigen Zeit wurde ich entlassen, vorzeitig, die neuen Verhältnisse brachten das mit sich. Mir zu Ehren fand eine kleine Feier statt. Ich bekam viel Angenehmes zu hören, man idealisierte mich, alle sagten mir Dank und erhoben das Glas auf meine Gesundheit - nur für die Zukunft fand sich kein Trinkspruch.

Der Übergang vom ständigen Daseinmüssen zu plötzlichem Nichtgebrauchtsein traf mich ungemein schwer. Mir fehlte die Anstrengung und der Erfolg, ich fühlte mich abgeschoben, nutzlos und allein gelassen. Bislang ein tätiges Leben gewohnt und dazu immer noch willens, quälte mich die erzwungene Passivität. Die Gesundheit machte mir zu schaffen, aber mehr noch war die Seele krank. Verzweifelt mühte ich mich, aus meiner Schwäche auszubrechen, doch nichts half, kein strenger Tagesablauf und noch weniger die Ruhe; ich erreichte nicht mehr den bewußten grünen Zweig. Mein Zustand verschlimmerte sich, schon lugte mir der Tod über die Schulter und ich lehnte mich an ihn ohne Erschrecken.

„Sie haben Krebs", wurde ich durch den Arzt beschieden, und seine Worte klangen nach Auskunft, vielleicht, weil er zu oft schon vielen Schlimmes sagen mußte. Für mich freilich war es eine grausame Offenbarung, der bösartige Höhepunkt auf alles Ungemach jüngster Vergangenheit.

Lange Zeit verbrachte ich im Krankenhaus, betreut durch eine charmante kluge Ärztin, freundlich und sehr umgänglich dazu. Sie besaß die selten-angenehme Gabe, daß ein jeder sich so ganz in ihrem Mittelpunkte fühlte und wie selbstverständlich zu der Meinung kam, daß alles einzig sich um ihn nur drehe. Das schuf Geborgenheit, gab wieder Mut zum Aufbegehren und trieb die Lebensgeister an, noch einmal über sich hinauszuwachsen. Nur beim Abschied verlor sie ihren netten Ton und verlangte mit ungewohnter Strenge: „Schnell, raus hier, und kehren Sie niemals wieder!"

Dankbar und entschlossen begann ich mein zweites Leben. Ich hatte große Pläne, wollte gebraucht sein und ganz der alte werden - ich mußte den Wettlauf mit der Zeit gewinnen!

Es gelang mir nicht; die Krankheit hatte Male hinterlassen und meine Kräfte aufgebraucht, mehr, als ich mir eingestehen mochte. Ich versuchte Rückschau zu halten und wägte die Seiten, auch wenn ich dazu kaum noch fähig war. Meine Fehler und Irrtümer kamen mir in den Sinn, sie bedrängten mich hart, ohne Verstehen und Rücksicht zu kennen. Ich grübelte ununterbrochen, nichts auf meinem Wege ließ ich aus und trieb mich durch ein Fegefeuer voller Pein.

Vor Irina spiel' ich noch immer den Starken; von meinem Verfallen soll sie nichts wissen - umsonst alle Verstellung - längst kennt sie meine mißliche Lage. Sacht legt sie mir die Hand auf die Schulter, das hilft und zügelt meine Verfolger. Doch bald schon kehren sie wieder, erneut ein scharfes Verhör zu beginnen - nur allzu willig verfalle ich ihnen.

Selten noch finde ich den Mut, im nahen Park nach Ablenkung zu suchen. In trüben Gedanken schleppe ich mich durch die herbstliche Pracht, über raschelnde Blätter hinweg in prangenden Farben. Manchen weiche ich aus, ich möchte nicht auf sie treten; es könnten meine Freunde sein, die vor mir zu Boden sanken.

Des nachts treten die Eltern zu mir. Ich bin wieder Kind, es ist wunderbar still und ich fühle mich wohlig geborgen. Die Mutter sitzt am Bett, ihre Stimme klingt anheimelnd an mein Ohr und ich höre mich sagen, „noch ein Märchen, bitte, Mama!" Auch Vater ist sehr lieb zu mir: „Es tut mir leid, mein Junge", spricht er, „ich mußte zu zeitig von dir gehen und blieb so manches schuldig. Nun aber sind wir bald vereint und wollen uns herzlich gut sein."

Mich erfaßte das Fieber ganz und ließ mich bereits auf dem Friedhof sehen, den Sarg schon umhüllt mit Erde. Ganz dunkel tönte zu mir der Ehrensalut und eine ferne Musik nahm mich sanft an der Hand und führte mich leise, sehr leise hinweg.

xxx

Meine Ruhe aber wurde unterbrochen; Irina stand an meinem Lager, mir die Medizin zu reichen. „Du siehst erholt aus", sprach sie mit hoffnungsvoller Stimme, „der Schlaf hat dir wohl gutgetan!?"

„Ich blickte sie verwundert an: Bin ich denn nicht gestorben?"

„Nicht so eilig, noch fehlt es dir an Jahren."

„Das hat der Richter auch gesagt."

„Mit wem willst du gesprochen haben?"; ungläubig starrte sie mich an. „Ich war tot ..."

"Nun aber Schluß mit deinen schlechten Scherzen!"

Um mir nicht neuen Ärger zu bereiten, begann ich fügsam zu berichten, was sich mit mir so zugetragen hatte: „Ich war nicht mehr auf dieser Welt und kam - wie's üblich ist - vor ein Tribunal, gewogen zu werden nach meinen Taten; Franziska war die Richterin ..."

„ ... und wie hat sie entschieden?"

„Gemach. Sie nahm meine Kaderakte (so wurde das Große Buch dort genannt) und begann daraus vorzulesen: 'Er ging in seiner Arbeit auf, als läge alles Heil darin ...' Fragend blickte sie nach mir.

Das schien mir meine Pflicht zu sein, gab ich der Wahrheit nach die Antwort.

Diese Worte erstaunten sie wohl und verwundert gab sie zu bedenken: 'Darf man sich gar so arg beschränken?'

Ich hatte kaum zu wählen, so ich, der Dienst war hart, als würde es morgen Kämpfe geben.

Erneut vertiefte sie sich in das Lesen. Bald aber lächelte die Ahnfrau mild und wurde im Tone weich und herzlich: 'Überlege ich's recht, dich deuchte gar, du gehörtest zu den letzten deutschen Soldaten ..?'

... Jawohl, so naiv war ich einmal!

'... Und dann schon käme der ewige Frieden, wie man hier schreibt, so etwas wie das Himmelreich?'

Ich weiß, es war nur Illusion, doch dafür eine schöne.

'Dann bliebe dir wohl manches von dem nachzuholen, was meistens man zum Angenehmen zählt?'

Verzeiht, ich bin von meinem Dasein müde und möchte gern zur Ruhe gehen.

Sie nahm meine Bitte übel auf: 'Verstehe, mein Lieber, zwar fühl' ich mit dir, doch macht mich dein Kleinmut verdrießlich!'

Ach, meine Gefährtin fehlt mir so sehr; ich sehe sie nur noch im Traum. Mit ihr würde ich alle Härten bestehen und wieder zur Tapferkeit finden ..!"

Damit verließ mich die Erinnerung. Ich blickte Irina an und sah, von Arzenei und Schlaf noch immer trunken, ein stilles Leuchten über ihre Züge gleiten. „Das ist nicht schlimm", sprach sie, „es fehlt nur noch der Urteilsspruch. Den aber kenne ich, er ist ja auch der meine: 'So recht hast du noch gar nicht gelebt' - sprach Franziska - 'darum kehrst du zurück auf die Erde, die Welt heiter zu sehen und sich nicht zu grämen, ihr Bürger zu sein ...'"

Verstohlen blickte ich zu ihr hin, woher sie das nur wußte?

„ ... und fordernd verlangte noch Frau Richterin, 'doch nicht, um wieder einzuschlafen; jetzt heißt es mutig durchzustehen!'"